Learn German
with
Detective Stories

German A2 Reader 

Brian Smith

German Graded Readers

For more books and E-book options visit:

www.briansmith.de

Der Diebstahl aus dem Deutschen Museum   4

Der Fluch des Bhutan-Schatzes   18

Mord in Steinbach   31

Die Entführung in München   48

Der Fluch der Inka   61

Das verschwundene Gemälde   75

Das Gemälde von Nymphenburg   88

Wo ist die Perle?   102

Die goldene Sonne   113

Der Zweite Weltkrieg   124

Der Schatz der goldenen Münzen   137

Der Diebstahl aus dem Deutschen Museum

1. Der mysteriöse Raub

Das Deutsches Museum in München glänzte im Morgenlicht. Es war einer der Orte, der unter Touristen und Einheimischen gleichermaßen beliebt war. In seinen Hallen befanden sich einige der beeindruckendsten Ausstellungsstücke Deutschlands.

Herr Schneider, ein langjähriger Mitarbeiter des Museums, war einer der Ersten, der an diesem Morgen eintraf. Als er seinen üblichen Rundgang machte, um sicherzustellen, dass alles in Ordnung war, bemerkte er, dass etwas nicht stimmte. Ein historisches Objekt, das normalerweise stolz in einer Vitrine ausgestellt war, fehlte.

„Das kann nicht sein," murmelte er und rieb sich die Augen, in der Hoffnung, dass er sich geirrt hatte. Aber das Objekt war tatsächlich verschwunden.

Er rief sofort die Polizei an. „Hier ist Herr Schneider vom Deutschen Museum. Ein wertvolles Ausstellungsstück wurde gestohlen!"

Innerhalb weniger Minuten war das Museum voller Polizisten. Sie durchsuchten jeden Winkel, aber es gab keine Spur vom Dieb oder dem vermissten Objekt.

„Wir müssen die Überwachungsvideos überprüfen," sagte Kommissar Becker.

Nach einiger Zeit kamen sie zu einem Video, das in der Nacht aufgenommen wurde. Es zeigte einen maskierten Einbrecher, der geschickt die Alarmsysteme umging und direkt zu der Vitrine ging, in der das Objekt ausgestellt war. Es war offensichtlich, dass er genau wusste, wo es war.

Die Nachricht über den Diebstahl verbreitete sich wie ein Lauffeuer. Journalisten und Schaulustige versammelten sich vor dem Museum, und der Direktor, Herr Vogel, war sichtlich besorgt.

„Dies ist eine Tragödie," sagte er zu den Reportern. „Dieses Objekt ist von unschätzbarem Wert für das Museum und für Deutschland. Wir müssen es zurückbekommen."

Hinter den Kulissen wandte er sich an den besten Detektiv Münchens, Herrn Müller. „Herr Müller," begann er, „ich habe von Ihren beeindruckenden Fähigkeiten gehört. Ich bitte Sie, uns zu helfen."

Herr Müller, ein Mann mittleren Alters mit scharfen Augen und einem ausgeprägten Sinn für Details, nickte. „Ich werde mein Bestes tun, Herr Vogel."

Herr Müller begann seine Untersuchung im Museum. Er sprach mit den Mitarbeitern, überprüfte die Sicherheitssysteme und suchte nach Hinweisen. Während er die Vitrine untersuchte, bemerkte er einen kleinen Kratzer am Glas.

„Das ist interessant," murmelte er.

Ein Museumswächter kam auf ihn zu. „Haben Sie etwas gefunden, Herr Müller?"

Herr Müller zeigte auf den Kratzer. „Das könnte ein Hinweis sein. Vielleicht hat der Dieb etwas bei sich gehabt, das dieses Zeichen hinterlassen hat."

Der Wächter nickte. „Wir werden alles tun, um Ihnen zu helfen."

Herr Müller lächelte. „Ich weiß. Zusammen werden wir diesen Fall lösen."

Die Suche nach dem gestohlenen Objekt und dem mysteriösen Dieb hatte gerade erst begonnen.

Ausstellungsstück - exhibit, display item

beeindruckend - impressive

bemerken - to notice

besorgt - concerned

Diebstahl - theft

Einbrecher - burglar

eintragen - to arrive, enter

geirrt - mistaken, erred

glänzte - shone, gleamed

Hallen - halls

Kommissar - commissioner, detective

Lauffeuer - wildfire (in this context, it means spreading rapidly)

maskiert - masked

murmeln - to mumble, murmur

mysteriöse - mysterious

Raub - robbery

Schaulustige - onlookers, rubberneckers

sichtlich - visibly

stolz - proudly

Tragödie - tragedy

überprüfen - to review, to check

Überwachungsvideos - surveillance videos

unschätzbarem Wert - of inestimable value

verbreiten - to spread, disseminate

verschwinden - to disappear

vermissten - missing

Vitrine - display case

Winkel - corner, angle, nook

2. Die ersten Hinweise

Das Deutsches Museum war inzwischen geschlossen, um der Polizei und Herrn Müller freie Hand bei den Ermittlungen zu geben. Mit einer Taschenlampe in der Hand und einem Notizbuch in der anderen, untersuchte Herr Müller den Tatort genauer.

In einer Ecke, versteckt hinter einer Ausstellungsvitrine, entdeckte er etwas Seltsames: einen einzelnen Handschuh. Er nahm ihn vorsichtig auf und betrachtete ihn. „Interessant", murmelte er. Es war kein gewöhnlicher Handschuh. Er war dünn und aus einem besonderen Material gefertigt.

Er zeigte den Handschuh einem der Museumswächter. „Erkennen Sie das?"

Der Wächter schüttelte den Kopf. „Nein, dieser Handschuh gehört sicherlich nicht zu uns. Unsere Handschuhe sind aus einem anderen Material."

Als Herr Müller weiter den Tatort untersuchte, entdeckte er noch etwas Auffälliges: Fußabdrücke. Sie führten von der Vitrine, in der das gestohlene Objekt ausgestellt war, direkt zu einem Hinterausgang.

„Möglicherweise hat der Dieb diesen Weg benutzt, um unbemerkt zu entkommen", sagte er zu Kommissar Becker.

Kommissar Becker nickte. „Das sieht ganz danach aus. Gut beobachtet."

Herr Müller entschied, dass es an der Zeit war, die Museumsmitarbeiter zu befragen. Vielleicht hatte jemand etwas bemerkt oder sich an einen verdächtigen Besucher erinnert.

Er rief alle Mitarbeiter in einen Raum. „Ich weiß, es ist eine schwierige Zeit für Sie alle", begann er. „Aber ich brauche Ihre Hilfe. Hat jemand von Ihnen in den letzten Tagen einen verdächtigen Besucher bemerkt?"

Nach einem Moment des Zögerns meldete sich ein junger Mitarbeiter. „Ich erinnere mich an einen Mann", sagte er. „Er war gestern hier und schien besonders an dem gestohlenen Objekt interessiert zu sein. Er hat viele Fragen dazu gestellt."

Herr Müller zog sein Notizbuch hervor. „Können Sie ihn beschreiben?"

Der Mitarbeiter nickte. „Ja, er war groß und schlank. Er trug eine dunkle Brille, auch wenn es drinnen gar nicht sonnig war. Und er hatte einen starken Akzent, vielleicht französisch oder italienisch."

Mit Hilfe der Beschreibung erstellte ein Polizeizeichner ein Phantombild des Verdächtigen. Als das Bild fertig war, wurde es sofort veröffentlicht und in den Medien gezeigt.

„Wir sind dem Dieb jetzt einen Schritt näher", sagte Kommissar Becker zufrieden.

Herr Müller nickte. „Ja, aber wir müssen vorsichtig sein. Wer weiß, was er als Nächstes vorhat?"

Die Ermittlungen gingen weiter, und das Museum hoffte, sein wertvolles Objekt bald zurückzubekommen. Aber der rätselhafte Dieb schien immer einen Schritt voraus zu sein.

Auffälliges - striking, noticeable

betrachten - to observe, to look at

besonderen Material - special material

beobachtet - observed

Ecke - corner

Ermittlungen - investigations

Fußabdrücke - footprints

gestohlenen - stolen

Hinterausgang - rear exit

hinweise - clues, hints

Mitarbeiter - employee

Notizbuch - notebook

Phantombild - composite sketch, identikit picture

Polizeizeichner - police sketch artist

schüttelte - shook

Seltsames - strange thing, oddity

Taschenlampe - flashlight

Tatort - crime scene

unbemerkt - unnoticed, undetected

verdächtigen Besucher - suspicious visitor

vorsichtig - careful

Zögerns - hesitation

zufrieden - satisfied

zurückzubekommen - to get back

3. Der Verdächtige

Kaum war das Phantombild im Fernsehen gezeigt worden, klingelte das Telefon im Polizeirevier. „Ich kenne diesen Mann", sagte eine aufgeregte Stimme. „Ich habe ihn vor ein paar Tagen in einem Antiquitätenladen in der Altstadt gesehen."

„Können Sie sich an den Namen des Ladens erinnern?", fragte Kommissar Becker.

„Ja, es war 'Antiquitäten Müller' in der Rosenstraße."

Herr Müller, der gerade im Büro war, hörte das und entschied, sofort den Laden zu besuchen.

Im Antiquitätenladen begrüßte der ältere Ladenbesitzer Herrn Müller freundlich. „Guten Tag! Wie kann ich Ihnen helfen?"

Herr Müller zeigte ihm das Phantombild. „Erkennen Sie diesen Mann?"

Der Ladenbesitzer überlegte kurz. „Ja, das kommt mir bekannt vor. Er war vor ein paar Tagen hier und hat ein sehr seltenes Objekt gekauft. Es ähnelte dem gestohlenen Gegenstand aus dem Museum.“

„Können Sie sich erinnern, was genau er gekauft hat?“

Der Besitzer zögerte. „Ich bin mir nicht sicher. Es war ein alter Gegenstand. Aber ich erinnere mich, dass er mir eine Visitenkarte gegeben hat, falls ich in Zukunft noch ähnliche Objekte finde.“

Er ging zum Tresen und suchte in einer kleinen Schublade. Nach einigen Augenblicken zog er eine Visitenkarte heraus und reichte sie Herrn Müller. „Hier, das ist sie.“

Herr Müller las die Karte: „Jean-Pierre Leclerc, Kunstliebhaber.“ Und darunter stand eine Münchner Adresse.

„Danke, das hilft uns sehr weiter“, sagte Herr Müller und verließ den Laden.

Mit der Visitenkarte in der Hand fuhr er zur angegebenen Adresse. Es war ein schickes Apartment in einem vornehmen Viertel von München.

Herr Müller klingelte. Ein eleganter Herr mittleren Alters öffnete die Tür. „Ja? Was kann ich für Sie tun?“

„Sind Sie Jean-Pierre Leclerc?“

„Ja, das bin ich. Wer sind Sie?“

„Mein Name ist Müller, ich bin ein Detektiv. Ich untersuche den Diebstahl aus dem Deutschen Museum. Ich glaube, Sie können mir helfen.“

Herr Leclerc schien überrascht. „Wieso sollte ich Ihnen helfen können?“

Herr Müller zeigte ihm das Phantombild. „Wurden Sie vor Kurzem in einem Antiquitätenladen gesehen?“

Leclerc zögerte. „Ja, das war ich. Aber was hat das mit dem Diebstahl zu tun?“

Herr Müller trat ins Apartment ein und sah sich um. Auf einem Tisch lag das gestohlene Objekt aus dem Museum.

„Das gehört mir“, protestierte Leclerc. „Ich habe es gekauft.“

„Aus dem Museum gestohlen und dann gekauft?“, entgegnete Herr Müller.

Kommissar Becker und weitere Polizisten trafen ein und nahmen Herrn Leclerc fest.

Im Polizeirevier beteuerte Leclerc seine Unschuld. „Ich habe das Objekt in gutem Glauben gekauft. Ich wusste nicht, dass es gestohlen war.“

Herr Müller sah ihn ernst an. „Wir werden das überprüfen. Aber bis dahin bleiben Sie in Gewahrsam.“

Der Diebstahl aus dem Deutschen Museum war gelöst, aber viele Fragen blieben noch offen. War Herr Leclerc wirklich unschuldig? Und wenn ja, wer war dann der wahre Dieb? Die Ermittlungen gingen weiter.

Altstadt - old town

Antiquitätenladen - antique shop

aufgeregte - excited, agitated

begrüßte - greeted

beteuerte - asserted, insisted

fernsehen - television

festnehmen (nahmen ... fest) - to arrest (arrested)

Gegenstand - object, item

Gewahrsam - custody

glauben - to believe

Kunstliebhaber - art lover

Ladenbesitzer - shop owner

schickes - chic, stylish

Tresen - counter (in a shop or bar)

überlegen - to consider, think over

überrascht - surprised

verlassen (verließ) - to leave (left)

Viertel - quarter, district

Visitenkarte - business card

vornehmen - posh, upscale

zurückgeben (zog ... heraus) - to pull out (pulled out)

4. Die Wahrheit

Nach der Festnahme von Herrn Leclerc machte sich Herr Müller daran, die Herkunft des gestohlenen Objekts zu untersuchen. Er kontaktierte mehrere Experten und schickte das Objekt zur Überprüfung ins Labor.

Einige Tage später erhielt er einen Anruf von einem der Experten. „Herr Müller, das Objekt, das Sie mir gebracht haben, ist eine Fälschung."

Herr Müller war überrascht. „Sind Sie sicher?"

„Ja, ich bin mir sicher. Es gibt mehrere solcher Fälschungen. Es scheint, als ob jemand versucht hat, das echte Objekt durch eine Fälschung zu ersetzen."

Dies war eine unerwartete Wendung. Herr Müller dachte nach. „Das würde bedeuten, dass Herr Leclerc vielleicht unschuldig ist."

Er besuchte Leclerc im Gefängnis. „Herr Leclerc, wo haben Sie das Objekt gekauft?"

Leclerc antwortete: „Von einem Mann auf dem Flohmarkt. Er sagte, es sei eine echte Antiquität."

„Es scheint, als ob Sie betrogen wurden", sagte Herr Müller.

Aber wer hatte das echte Objekt und warum? Herr Müller kehrte zum Museum zurück und suchte nach Verbindungen zwischen dem Dieb und den Museumsmitarbeitern. Er befragte jeden einzelnen Mitarbeiter.

Dabei entdeckte er, dass ein Sicherheitsmann im Museum, Herr Weber, große Schulden hatte und dringend Geld brauchte. Herr Müller konfrontierte ihn.

„Herr Weber, können Sie mir erklären, warum Sie plötzlich so viel Geld haben?"

Weber zögerte. „Ich weiß nicht, wovon Sie sprechen."

Herr Müller zeigte ihm Beweise seiner Banktransaktionen. „Es sieht so aus, als ob jemand Sie bestochen hat."

Weber brach zusammen. „Es tut mir leid, Herr Müller. Ich wurde bestochen. Sie haben mir viel Geld geboten, um die Kameras für eine Stunde auszuschalten."

„Wer war 'sie'?", fragte Herr Müller.

Ein junger Mann namens Karl. Er sagte, er brauche das echte Objekt für einen Sammler und würde es durch eine Fälschung ersetzen."

Mit diesen Informationen konnte die Polizei Karl schnell aufspüren und festnehmen. Das echte Objekt wurde in seiner Wohnung gefunden.

Das Museum erhielt sein wertvolles Ausstellungsstück zurück und verstärkte seine Sicherheitsmaßnahmen, um sicherzustellen, dass so etwas nicht noch einmal passieren würde.

Bei der offiziellen Pressekonferenz lobte der Direktor des Museums, Herr Vogel, Herrn Müller für seine hervorragende Arbeit. „Dank Ihnen wurde das Objekt sicher zurückgebracht und die Wahrheit aufgedeckt."

Herr Müller lächelte bescheiden. „Ich habe nur meine Arbeit gemacht."

Der Fall war gelöst, aber für Herrn Müller war es nur ein weiterer Fall in seiner beeindruckenden Karriere als Detektiv. Und er wusste, dass es noch viele weitere geben würde.

aufspüren - to track down, locate

Banktransaktionen - bank transactions

bestochen - bribed

betrügen (betrogen) - to deceive (deceived)

brach zusammen - broke down

erklären - to explain

Fälschung - forgery, fake

Flohmarkt - flea market

Herkunft - origin, provenance

hervorragende - outstanding, excellent

konfrontierte - confronted

lobte - praised

Sammler - collector

Sicherheitsmaßnahmen - security measures

sprechen (wovon Sie sprechen) - to talk (of what you're talking about)

unerwartete Wendung - unexpected twist/turn

verstärkte - strengthened, reinforced

5. Ein neuer Anfang

Das Deutsches Museum in München war wieder in vollem Betrieb. Die Besucherzahlen waren so hoch wie nie zuvor, nachdem die Nachricht von dem gestohlenen Objekt und seiner Rückkehr die Runde gemacht hatte. Es schien, als ob der Skandal und die darauffolgende Lösung des Falles nur dazu beigetragen hatten, das Interesse an dem Museum zu steigern.

Herr Müller war inzwischen in ganz Deutschland bekannt. Seine Ermittlungen und sein scharfer Verstand hatten ihm viele Bewunderer eingebracht. Er erhielt Einladungen von anderen Museen, privaten Sammlern und sogar ausländischen Behörden, um bei komplizierten Ermittlungen zu helfen.

Nach einigen Überlegungen entschied sich Herr Müller, den nächsten Schritt in seiner Karriere zu wagen und eröffnete ein eigenes Detektivbüro in der Münchner Innenstadt. Das schlichte Schild an der Tür lautete: „Detektivbüro Müller".

Bald kamen Anfragen von überall her. Und nicht nur das – viele junge und aufstrebende Detektive klopften an seine Tür, in der Hoffnung, von dem besten Detektiv Münchens lernen zu können.

Unter diesen war ein junger Mann namens Leon. Mit scharfen Augen und einer ruhigen Art beeindruckte er Herrn Müller sofort. „Warum wollen Sie Detektiv werden?", fragte Herr Müller bei ihrem ersten Treffen.

Leon lächelte. „Seit ich Ihre Arbeit im Deutschen Museum verfolgt habe, wusste ich, dass ich von Ihnen lernen möchte. Es ist mehr als nur ein Beruf für mich, es ist eine Leidenschaft."

Herr Müller nickte anerkennend. „Sehr gut. Sie können am Montag anfangen."

In den folgenden Monaten arbeiteten Herr Müller und Leon eng zusammen. Sie lösten viele komplexe Fälle, von Kunstdiebstählen bis hin zu vermissten Personen. Leon erwies sich als wertvoller Assistent und lernte schnell. Es dauerte nicht lange, bis er nicht mehr nur Müllers Assistent, sondern sein Partner war.

Die beiden wurden schnell zu einem unschlagbaren Team. Ihre Erfolgsrate war beeindruckend und bald waren sie in ganz Europa bekannt.

Eines Morgens, als sie gerade in ihrem Büro saßen und über einen aktuellen Fall diskutierten, klingelte das Telefon. Herr

Müller nahm ab. „Detektivbüro Müller, wie kann ich Ihnen helfen?"

Eine aufgeregte Stimme antwortete: „Herr Müller, ich brauche Ihre Hilfe. Ein wertvolles Kunstwerk wurde aus dem Louvre in Paris gestohlen. Wir haben von Ihrer Arbeit gehört und möchten, dass Sie uns helfen."

Herr Müller und Leon sahen sich an. Ein neues Abenteuer wartete auf sie. „Wir werden unser Bestes tun", antwortete Herr Müller.

Während sie ihre Sachen packten und sich auf den Weg nach Paris machten, wussten beide, dass dies nur der Beginn eines weiteren spannenden Falls war. Und so, mit der Skyline von München im Rücken und der aufgehenden Sonne vor ihnen, begann ihr neues Abenteuer.

Abenteuer - adventure

anerkennend - approvingly, appreciatively

anfangen (kann anfangen) - to start (can start)

Assistent - assistant

aufgehenden Sonne - rising sun

aufstrebende - aspiring, up-and-coming

beeindruckte - impressed

Beruf - profession, job

diskutierten - discussed

eröffnete - opened (a business)

Innenstadt - city center, downtown

Interesse - interest

Kunstdiebstählen - art thefts

lautete - read (as in "the sign read")

Leidenschaft - passion

Louvre - Louvre (famous museum in Paris)

Partner - partner

ruhigen Art - calm manner

scharfer Verstand - sharp mind

Schritt in seiner Karriere - step in his career

Skyline - skyline

unschlagbaren Team - unbeatable team

verfolgt - followed, pursued (in the context of following someone's actions or story)

wertvoller - valuable

wagen (zu wagen) - to dare (daring)

Der Fluch des Bhutan-Schatzes

1. Ein geheimnisvoller Brief

Anna saß an ihrem Schreibtisch und trank eine Tasse Kaffee, als ein alter Umschlag mit einer fremdartigen Briefmarke ihre Aufmerksamkeit erregte. Sie öffnete ihn vorsichtig und entnahm einen vergilbten Brief.

„Was ist das?", murmelte sie und begann zu lesen.

„Liebe Anna, Ich hoffe, dieser Brief erreicht dich. Mein Name ist Tenzin und ich lebe in Bhutan. Ich schreibe dir, weil ich glaube, dass du die richtige Person bist, um einen alten Schatz zu finden. Es gibt eine Karte in diesem Brief, aber sie ist nicht komplett. Es gibt Geschichten über einen Fluch, der auf diesem Schatz liegt. Sei vorsichtig."

Anna legte den Brief beiseite und betrachtete die Karte. „Bhutan", murmelte sie. Die Karte zeigte die Umrisse von Bergen und einem Tempel, aber einige Teile waren unleserlich.

Ben, ihr bester Freund und Kollege, kam herein. „Was hast du da?", fragte er neugierig.

„Ein Rätsel", antwortete Anna und zeigte ihm den Brief und die Karte.

Ben las den Brief und sah Anna mit großen Augen an. „Denkst du, das ist echt?", fragte er.

„Ich weiß es nicht", antwortete Anna, „aber es wäre ein großes Abenteuer, es herauszufinden."

Ben lächelte. „Du und deine Abenteuer! Aber wenn du gehst, komme ich mit."

Anna sah Ben dankbar an. „Das wäre toll. Ich könnte etwas Hilfe gebrauchen."

In den nächsten Tagen recherchierten Anna und Ben alles, was sie über Bhutan und den verlorenen Schatz herausfinden konnten. Sie fanden alte Legenden und Geschichten über den Schatz und den Fluch, aber nichts Konkretes.

„Es scheint, als wäre dieser Schatz nie gefunden worden", sagte Anna.

„Vielleicht aus gutem Grund?", gab Ben zu bedenken. „Was ist mit dem Fluch?"

Anna zuckte mit den Schultern. „Es gibt viele Geschichten über Flüche und Schätze. Es könnte einfach eine Legende sein, um Menschen abzuschrecken."

„Aber was, wenn es wahr ist?", fragte Ben.

Anna lächelte. „Dann werden wir vorsichtig sein."

Die beiden beschlossen, ihre Reise nach Bhutan zu planen. Sie kauften Flugtickets, packten ihre Sachen und machten sich bereit für das Abenteuer ihres Lebens.

„Es wird nicht einfach sein", warnte Ben, als sie im Flugzeug saßen. „Bhutan ist ein geheimnisvoller Ort."

Anna nickte. „Ja, aber das macht es umso spannender. Ich kann es kaum erwarten, herauszufinden, ob dieser Schatz wirklich existiert."

„Und was ist, wenn wir ihn finden?", fragte Ben.

Anna sah ihn an und lächelte. „Dann haben wir eine tolle Geschichte zu erzählen."

Ben lachte. „Das stimmt. Lass uns dieses Rätsel lösen."

Während das Flugzeug durch die Wolken glitt, träumten Anna und Ben von verborgenen Schätzen, alten Tempeln und den Geheimnissen Bhutans. Es war der Beginn eines unglaublichen Abenteuers.

abzuschrecken - to deter, discourage

Briefmarke - stamp (postal)

entnahm - extracted, took out

erregte - caught (as in caught her attention)

fremdartigen - foreign, exotic

geheimnisvoller - mysterious

herausfinden (herausfinden konnten) - to find out (could find out)

Legende - legend

neugierig - curious

Rätsel - puzzle, mystery

recherchierten - researched

Schatz - treasure

Schultern (zuckte mit den Schultern) - shoulders (shrugged)

Umschlag - envelope

umso - all the more

Umrisse - outlines

unglaublichen - incredible

verborgenen - hidden

verlorenen - lost

vergilbten - yellowed

warnte - warned

zu bedenken geben (gab ... zu bedenken) - to give something to consider (gave ... to consider)

zuckte - twitched, shrug

2. Die Reise nach Thimphu

Das Flugzeug landete sanft auf dem kleinen Flughafen in Bhutan. Anna und Ben stiegen aus und atmeten die frische Bergluft ein. Die Landschaft war atemberaubend mit grünen Bergen, die sich in der Ferne erstreckten.

„Es ist wunderschön hier", sagte Anna.

„Ja, wirklich einzigartig", stimmte Ben zu.

Sie nahmen ein Taxi nach Thimphu, der Hauptstadt von Bhutan. Die Fahrt war faszinierend, sie fuhren durch kleine Dörfer und sahen viele traditionelle bhutanische Häuser und Tempel.

In Thimphu angekommen, machten sie sich direkt auf den Weg zum Nationalmuseum von Bhutan. Das Museum war ein großer, traditioneller bhutanischer Bau. Es gab viele Ausstellungen über die Geschichte und Kultur von Bhutan.

Während sie durch das Museum gingen, hörten sie von einem Fremdenführer Geschichten über den verlorenen Schatz und den Fluch.

„Es wird gesagt, dass der Schatz von einem mächtigen Fluch beschützt wird und dass jeder, der versucht, ihn zu finden, Unglück erleben wird", erzählte der Fremdenführer.

Anna und Ben tauschten besorgte Blicke aus. Sie waren hier, um den Schatz zu finden, aber sie wollten kein Unglück erleben.

Plötzlich sprach ein alter Mönch sie an. „Ihr sucht den Schatz?", fragte er mit tiefer Stimme.

Anna nickte. „Ja, wir haben einen Brief und eine Karte bekommen."

Der Mönch sah sich die Karte an und sagte: „Dieser Tempel hier", er zeigte auf einen Punkt auf der Karte, „ist der Schlüssel. Dort werdet ihr ein Zeichen finden."

„Ein Zeichen?", fragte Ben.

„Ja, ein geheimes Zeichen, das euch den Weg zum Schatz zeigt", antwortete der Mönch.

Anna und Ben bedankten sich und verließen das Museum. Sie kauften einige Vorräte und machten sich auf den Weg zum Tempel in den Bergen.

Die Wanderung war anstrengend, aber die Landschaft war atemberaubend. Sie wanderten zwei Tage lang durch dichte Wälder und über hohe Berge.

Am dritten Tag erreichten sie den Tempel. Er war alt und von der Zeit gezeichnet, aber immer noch beeindruckend. Sie suchten überall nach dem geheimen Zeichen.

„Ich habe es gefunden!", rief Anna plötzlich. Sie zeigte auf ein Symbol, das in den Stein gemeißelt war.

„Das muss es sein!", sagte Ben. „Aber was bedeutet es?"

Während sie das Zeichen studierten, bemerkten sie nicht, dass sie beobachtet wurden. Ein Schatten bewegte sich hinter den Bäumen und beobachtete sie genau.

Anna fand plötzlich einen kleinen, silbernen Anhänger auf dem Boden. Sie hob ihn auf und sah ihn genauer an. „Das Symbol auf diesem Anhänger ist das gleiche wie das auf dem Stein!", sagte sie aufgeregt.

„Das muss ein weiterer Hinweis sein!", sagte Ben. „Aber wir müssen vorsichtig sein. Ich habe das Gefühl, dass wir nicht allein sind."

In diesem Moment hörten sie ein Geräusch hinter sich. Sie drehten sich um und sahen einen Mann in traditioneller bhutanischer Kleidung.

„Was macht ihr hier?", fragte der Mann streng.

„Wir suchen den Schatz", antwortete Anna mutig. „Wir haben einen Brief und eine Karte bekommen und sind hierher gekommen, um ihn zu finden."

Der Mann sah sie misstrauisch an. „Viele haben versucht, den Schatz zu finden, aber keiner hat Erfolg gehabt. Der Fluch ist real."

Anna und Ben tauschten besorgte Blicke aus. Sie waren hier, um den Schatz zu finden, aber sie wollten kein Risiko eingehen.

„Wir werden vorsichtig sein", versprach Ben.

Der Mann nickte. „Ich werde euch beobachten", sagte er und verschwand in den Schatten.

Anna und Ben sahen sich an. „Das wird nicht einfach werden", sagte Anna.

„Nein", stimmte Ben zu. „Aber wir werden es schaffen."

Mit neuem Mut machten sie sich auf den Weg, um den Schatz von Bhutan zu finden. Sie wussten, dass es nicht einfach werden würde, aber sie waren bereit, alles zu tun.

Anhänger - pendant

atmeten ein - breathed in

Bau - structure, building

beobachtet (wurden beobachtet) - observed (were being watched)

beschützt - protected

dichte - dense

Fremdenführer - tour guide

frische - fresh

geheimnisvoller - mysterious

gezeichnet - marked, affected

hohe - high

Mönch - monk

misstrauisch - suspicious

mutig - brave

sanft - gently

Schatten - shadow

Schlüssel - key

streng - strict

Unglück - misfortune, bad luck

verschwand - disappeared

wunderschön - beautiful, wonderful

3. Das Rätsel des Anhängers

Anna hielt den silbernen Anhänger in der Hand und betrachtete das seltsame Symbol darauf. Es sah aus wie eine Kombination aus einem Tier und einem Zeichen.

„Was denkst du, was es bedeutet?", fragte Ben neugierig.

Anna zuckte mit den Schultern. „Ich weiß es nicht, aber ich habe das Gefühl, dass es ein Hinweis ist."

„Vielleicht sollten wir zum Museum zurückkehren und den Mönch fragen. Er könnte mehr darüber wissen", schlug Ben vor.

Anna stimmte zu, und sie machten sich auf den Weg zurück zum Nationalmuseum von Bhutan.

Im Museum angekommen, suchten sie nach dem Mönch und fanden ihn in einem der Ausstellungsräume.

„Entschuldigung", sagte Anna höflich. „Wir haben diesen Anhänger gefunden und dachten, Sie könnten uns vielleicht mehr darüber erzählen."

Der Mönch nahm den Anhänger und betrachtete ihn. „Ah", sagte er nachdenklich. „Dieses Symbol ist sehr alt. Es erzählt von einer Legende in Bhutan."

Anna und Ben lauschten gespannt.

„Es wird gesagt, dass dieses Symbol den Weg zum Schatz zeigt", begann der Mönch. „Aber es ist kein einfacher Weg. Er ist voller Rätsel und Fallen."

Anna schluckte. „Aber wie finden wir den Weg?", fragte sie.

Der Mönch zeigte auf die Karte, die sie bei sich hatten. „Ihr müsst diesem Pfad folgen. Er wird euch zu einer alten Festung führen."

Anna und Ben nickten und dankten dem Mönch. Mit neuem Wissen und Entschlossenheit machten sie sich auf den Weg zur Festung.

Die Reise war nicht einfach. Sie mussten durch dichte Wälder und steile Berge wandern. Aber sie waren entschlossen und ließen sich von nichts aufhalten.

Nach einigen Tagen kamen sie endlich an der alten Festung an. Sie war groß und beeindruckend, aber auch ein bisschen beängstigend.

„Sei vorsichtig", warnte Ben. „Es könnte Fallen geben."

Anna nickte und sie betraten vorsichtig die Festung.

Im Inneren der Festung gab es viele Rätsel. Einige waren einfach, andere sehr schwierig. Aber Anna und Ben arbeiteten zusammen und lösten ein Rätsel nach dem anderen.

Schließlich, nach vielen Stunden, fanden sie eine versteckte Kammer. Sie öffneten die Tür und traten ein.

In der Mitte der Kammer stand eine alte Schatzkiste. Sie war groß und mit komplizierten Mustern verziert.

In der Dunkelheit der Kammer leuchteten die Augen von Anna und Ben vor Aufregung. Anna näherte sich vorsichtig der großen Schatzkiste und hob langsam den schweren Deckel. Ein warmes Glühen von Gold und Juwelen traf ihre Augen. Die Kiste war prall gefüllt mit Schätzen, die glänzten und funkelten.

„Wow!", rief Ben aus, seine Augen weit geöffnet vor Staunen. „Das ist unglaublich!"

Anna nickte zustimmend, aber dann bemerkte sie etwas Anderes in der Kiste. Einen alten, abgenutzten Brief. Sie nahm ihn heraus und begann zu lesen.

„An den, der diesen Schatz findet," las sie vor, „ich warne dich erneut vor dem Fluch, der auf diesem Schatz liegt. Es ist nicht das Gold oder die Juwelen, die wertvoll sind, sondern die Geschichte und Kultur von Bhutan."

Ben schaute Anna verwirrt an. „Was bedeutet das?"

Bevor Anna antworten konnte, hörten sie ein Geräusch hinter sich. Sie drehten sich um und sahen einen Fremden in traditioneller bhutanischer Kleidung.

„Wer sind Sie?", fragte Anna vorsichtig.

Der Fremde trat näher. „Ich bin der Wächter dieses Schatzes", sagte er mit fester Stimme. „Und ich bin hier, um sicherzustellen, dass er nicht gestohlen wird."

Anna und Ben tauschten einen besorgten Blick. „Wir wollten den Schatz nicht stehlen", erklärte Anna schnell. „Wir wollten nur das Rätsel lösen."

Der Wächter nickte. „Ich weiß. Aber der wahre Wert dieses Schatzes liegt nicht in den materiellen Dingen, sondern in dem, was er über Bhutan erzählt."

Ben sah den Wächter fragend an. „Was meinen Sie?"

Der Wächter setzte sich und begann zu erzählen. „Vor langer Zeit war Bhutan ein reiches und mächtiges Königreich. Aber durch Kriege und andere Katastrophen ging viel von seinem Reichtum verloren. Dieser Schatz wurde versteckt, um sicherzustellen, dass die Geschichte und Kultur von Bhutan nicht vergessen werden."

Anna und Ben lauschten fasziniert.

„Dieser Schatz ist ein Symbol für die Stärke und den Geist von Bhutan", fuhr der Wächter fort. „Er soll die Menschen daran erinnern, dass wahre Schätze nicht immer materiell sind."

Anna nickte nachdenklich. „Das macht Sinn."

Der Wächter stand auf. „Ihr habt den Schatz gefunden, und das ist eine große Leistung. Aber ich bitte euch, ihn hier zu lassen, wo er hingehört."

Ben schaute Anna an, und sie nickte zustimmend. „Wir verstehen", sagte sie. „Wir werden den Schatz hier lassen."

Der Wächter lächelte. „Danke. Ich wünsche euch eine sichere Reise zurück."

Anna und Ben verließen die Kammer und machten sich auf den Weg zurück nach Hause. Während sie gingen, sprachen sie über das, was sie erlebt hatten.

„Das war wirklich ein unglaubliches Abenteuer", sagte Ben.

Anna stimmte zu. „Ja, und ich bin froh, dass wir den Schatz gefunden haben. Aber ich bin auch froh, dass wir ihn zurückgelassen haben."

Ben lächelte. „Ich auch. Es hat uns gezeigt, dass es wichtigere Dinge im Leben gibt als Gold und Juwelen."

Anna nickte. „Ja, wie die Kultur und Geschichte eines Landes."

Die beiden Freunde verließen Bhutan mit einer neuen Wertschätzung für das Land und seine Menschen. Sie hatten nicht nur einen verlorenen Schatz gefunden, sondern auch eine tiefe Verbindung zu einem wunderschönen und kulturell reichen Land.

Und während sie in den Sonnenuntergang gingen, wussten sie, dass dies ein Abenteuer war, das sie nie vergessen würden.

atemberaubend - breathtaking

aufgeregt - excited

beängstigend - frightening

betrachtete - observed, looked at

Festung - fortress

Fremde - stranger

geheimnisvoller - mysterious

Kammer - chamber

Kultur - culture

Rätsel - puzzle, riddle

Rückkehr - return

Schatzkiste - treasure chest

schlug vor - suggested

seltsame - strange

Symbol - symbol

traditioneller - traditional

versteckte - hidden

verziert - decorated

Wächter - guardian

Wertschätzung - appreciation

4. Rückkehr und Erkenntnis

Als Anna und Ben wieder zu Hause ankamen, waren sie die Helden des Tages. Familie und Freunde hatten von ihrer Reise nach Bhutan gehört und waren gespannt auf ihre Erzählungen.

„Erzählt uns alles!", rief Annas kleine Schwester, als sie ins Wohnzimmer traten.

Anna lachte. „Es war unglaublich! Bhutan ist so ein wunderschönes Land."

Ben zeigte ein Fotoalbum. „Wir haben viele Fotos gemacht. Schaut her."

Die beiden zeigten ihre Bilder und erzählten von ihren Abenteuern. Von der alten Festung, dem geheimnisvollen Wächter und natürlich dem verlorenen Schatz.

„Und habt ihr den Schatz mitgebracht?", fragte ein Freund neugierig.

Ben schüttelte den Kopf. „Nein, wir haben ihn zurückgelassen. Aber wir haben etwas viel Wertvolleres mitgebracht: Erinnerungen und eine neue Sicht auf das Leben."

Die Menschen waren fasziniert von ihren Geschichten und bewunderten ihre Entscheidung, den Schatz zurückzulassen.

Ein paar Tage später erhielten Anna und Ben einen Brief. Er war aus dem Museum in Thimphu.

Anna öffnete den Brief und las vor: „Liebe Anna und Ben, wir möchten uns herzlich bei euch bedanken. Euer Respekt für unsere Kultur und Geschichte hat uns tief berührt. Wir hoffen, dass ihr eines Tages zurückkehrt. Mit herzlichen Grüßen, das Museum von Thimphu."

Ben lächelte. „Das war wirklich eine Reise wert."

Anna nickte. „Ja, ich habe gelernt, dass wahre Schätze nicht immer materiell sein müssen. Es sind die Erlebnisse und die Menschen, die wir treffen, die wirklich zählen."

Ben sah nachdenklich aus. „Du hast recht. Und weißt du was? Ich habe Lust auf ein weiteres Abenteuer."

Anna sah ihn überrascht an. „Wirklich? Wohin willst du gehen?"

Ben zuckte mit den Schultern. „Ich weiß es noch nicht. Aber dieses Mal wollen wir nicht nach Schätzen suchen. Ich möchte mehr über die Kulturen der Welt lernen."

Anna lächelte. „Das klingt wunderbar. Ich bin dabei!"

Die beiden Freunde saßen zusammen und planten ihr nächstes Abenteuer. Sie wussten, dass es nicht einfach werden würde, aber sie waren bereit für die Herausforderung.

Denn sie hatten erkannt, dass das größte Abenteuer die Reise selbst ist. Es geht nicht darum, was man am Ende findet, sondern um die Erfahrungen und Erinnerungen, die man unterwegs sammelt.

Und so endete ihre Reise nach Bhutan, aber es war nur der Anfang eines neuen Abenteuers. Ein Abenteuer, das sie um die Welt führen würde, immer auf der Suche nach neuen Erfahrungen und Erkenntnissen.

Denn wie Anna und Ben gelernt hatten, sind die wahren Schätze des Lebens nicht immer aus Gold und Juwelen. Es sind die Momente, die wir teilen, die Menschen, die wir treffen, und die Lektionen, die wir lernen.

Und mit diesem Wissen im Gepäck, machten sich Anna und Ben auf den Weg zu ihrem nächsten großen Abenteuer.

ankamen - arrived

berührt - touched, moved

Erkenntnis - realization, insight

Erlebnisse - experiences

Erzählungen - stories, tales

Fotoalbum - photo album

gespannt - eager, curious

herzlich - heartfelt, cordially

Lektionen - lessons

Respekt - respect

Rückkehr - return

Sicht - view, perspective

überrascht - surprised

Wertvolleres - something more valuable

Wissen - knowledge

zurückkehrt - return (in this context: to come back)

Mord in Steinbach

1. Der geheimnisvolle Fall

In der ruhigen Stadt Steinbach geschah eines Tages etwas Unfassbares. Ein Mord, mysteriös und rätselhaft, erschütterte die friedliche Gemeinschaft. Das Opfer war niemand Geringeres als Herr Müller, ein wohlhabender Geschäftsmann, der im Herzen der Stadt lebte und geschäftliche Erfolge genoss.

Die örtliche Polizei, normalerweise mit alltäglichen Vorfällen und Verkehrsunfällen beschäftigt, war überfordert angesichts der Bedeutung dieses Verbrechens. Die Ermittlungen verliefen im Sande, und die Beamten sahen sich einem Rätsel gegenüber, das sie nicht lösen konnten.

In dieser verzweifelten Lage riefen sie den Privatdetektiv Peter Fischer um Hilfe. Peter Fischer war kein Unbekannter in der Stadt. Er war bekannt für seinen scharfen Verstand und seine Fähigkeit, selbst die kniffligsten Fälle zu lösen. Mit einem eleganten Anzug und einem rauchigen Büro am Stadtrand galt er als letzte Hoffnung, den Mörder von Herrn Müller zu finden.

Peter Fischer begann seine Ermittlungen, indem er sich mit Herrn Müllers Familie und Geschäftspartnern traf. Die Familie des Opfers war tief erschüttert und beteuerte ihre Unschuld. Die Geschäftspartner von Herrn Müller behaupteten ebenfalls, zur Tatzeit an anderen Orten gewesen zu sein. Doch Peter Fischer war misstrauisch. Irgendetwas schien an ihren Aussagen seltsam zu sein.

Der Detektiv stöberte in Herrn Müllers Vergangenheit und stellte fest, dass dieser mehr Feinde hatte, als er sich jemals vorgestellt hatte. Einige Geschäftskonkurrenten waren wütend über seine Erfolge und finanziellen Transaktionen. Andere sprachen von persönlichen Feindseligkeiten, die bis in die Schulzeit zurückreichten.

Doch die wirkliche Wendung kam, als Peter Fischer Herrn Müllers Tagebuch entdeckte. Es war ein altes, abgenutztes Buch mit verblassten Seiten, aber es enthielt möglicherweise Hinweise auf das Motiv des Mörders. Als der Detektiv die Seiten durchblätterte, entdeckte er seltsame, verschlüsselte Notizen und Andeutungen über geheime Treffen.

Der Detektiv war entschlossen, dieses Rätsel zu lösen. Er verbrachte lange Nächte damit, die verschlüsselten Nachrichten zu entziffern, in der Hoffnung, auf einen Hinweis auf den Mörder zu stoßen. Dabei stieß er auf Worte wie „Schatten" und „Verschwörung", die ihm eine Gänsehaut bereiteten.

Während seiner Recherchen fand Peter Fischer auch heraus, dass Herr Müller in den letzten Monaten vor seinem Tod äußerst paranoid war. Er hatte seine Tür doppelt verriegelt, schaute ständig über die Schulter und äußerte ständig seine Angst vor einer dunklen Macht, die ihm nach dem Leben trachtete.

Eines Abends, als Peter Fischer in sein Büro zurückkehrte und tief in die Entschlüsselung der geheimnisvollen Notizen vertieft war, erhielt er einen mysteriösen Anruf. Die Stimme am anderen Ende der Leitung war verzerrt und unerkennbar. Sie flüsterte ihm düstere Warnungen zu: „Hör auf, nachzuforschen, sonst wirst du das gleiche Schicksal erleiden wie Herr Müller."

Peter Fischer war jedoch nicht leicht einzuschüchtern. Er lehnte die Drohungen ab und legte auf. Er wusste, dass er auf dem richtigen Weg war, das Geheimnis um Herrn Müllers Tod zu lösen, und er war entschlossen, die Wahrheit ans Licht zu bringen, koste es, was es wolle. Doch die Spannung und das Mysterium verdichteten sich, als er sich auf den Weg machte, um die nächste Spur zu verfolgen.

andere Ende - other end

angesichts - in view of, given

Andeutungen - hints, insinuations

äußerst - extremely

Beamten - officials, officers

beteuerte - asserted, assured

durchblätterte - flipped through, leafed through

dunklen Macht - dark power

düstere - gloomy, sinister

entdeckte - discovered

Entschlüsselung - decryption, decoding

entziffern - decipher

Feindseligkeiten - hostilities

Gänsehaut - goosebumps

geheimnisvoll - mysterious

Gemeinschaft - community

geschäftliche Erfolge - business successes

kniffligsten - trickiest

Motiv - motive

paranoid - paranoid

rauchigen - smoky

Schulter - shoulder

Spannung - tension

Stadtrand - outskirts of town

Tatzeit - time of the crime

Unfassbares - incomprehensible

Verschwörung - conspiracy

verzerrt - distorted

Wendung - twist, turn

zurückreichen - date back

2. Das Geheimnis des Tagebuchs

Der Anruf, den Peter Fischer erhalten hatte, hallte ihm noch immer in den Ohren. Die Warnung, sich nicht weiter in den Fall zu vertiefen, hatte ihm Gänsehaut bereitet, doch sie entfachte auch seinen Ehrgeiz. Peter Fischer war kein Mann, der sich leicht einschüchtern ließ. Er hatte bereits viele gefährliche Fälle gelöst und wusste, dass die Wahrheit oft in dunklen Ecken verborgen lag.

Entschlossen, den mysteriösen Mord an Herrn Müller aufzuklären, entschied sich Peter Fischer, Herrn Müllers Büro genauer unter die Lupe zu nehmen. Er war sich sicher, dass es dort Hinweise geben musste, die er bisher übersehen hatte.

Das Büro von Herrn Müller war elegant eingerichtet, mit teuren Möbeln und einem imposanten Schreibtisch. Der Raum strahlte Wohlstand und Macht aus. Peter Fischer durchsuchte die Schubladen, fand jedoch nur Geschäftsdokumente und Rechnungen. Nichts schien auf ein Motiv oder den Mörder hinzudeuten.

Doch dann fiel sein Blick auf ein verstaubtes Regal, auf dem einige alte Bücher und Zeitschriften lagen. Unter ihnen entdeckte er ein Tagebuch. Es war ein schlichtes Buch mit einem schwarzem Einband und goldenen Seitenrändern, aber es zog sofort seine Aufmerksamkeit auf sich.

Peter Fischer öffnete das Tagebuch und blätterte darin. Er fand verschlüsselte Notizen und rätselhafte Symbole, die ihm unerklärlich erschienen. Die Notizen waren in einer Geheimschrift verfasst, die er noch nie zuvor gesehen hatte. Es war offensichtlich, dass Herr Müller seine Gedanken vor jemandem oder etwas verbergen wollte.

Je mehr Peter Fischer in das Tagebuch eintauchte, desto klarer wurde ihm, dass die Notizen auf eine geheime Organisation hinwiesen. Es gab wiederholt Erwähnungen von „Die Schatten" und „Verschwörung". Diese Begriffe erfüllten Peter Fischer mit einer unheimlichen Vorahnung. Er begann zu vermuten, dass Herr Müller in dunkle Machenschaften verwickelt war und möglicherweise Informationen besaß, die für „Die Schatten" gefährlich waren.

Die Entschlüsselung der Notizen im Tagebuch war jedoch keine einfache Aufgabe. Peter Fischer setzte sich stundenlang daran und versuchte, den Code zu knacken. Er versuchte verschiedene Verschlüsselungsmethoden und durchforstete das Tagebuch nach Hinweisen oder Schlüsseln, die ihm helfen könnten.

Während er sich auf die Entschlüsselung konzentrierte, spürte er, dass er beobachtet wurde. Ein unbehagliches Gefühl kroch ihm den Rücken herunter. Er war sicher, dass er nicht allein im Raum war. Vorsichtig blickte er sich um und bemerkte eine Bewegung im Schatten. Jemand – oder etwas – lauerte in der Dunkelheit.

Peter Fischer zog instinktiv seine Taschenlampe heraus und richtete sie auf die dunkle Ecke des Raumes. Der Lichtstrahl enthüllte einen unbekannten Verfolger, der sich hastig zu verstecken versuchte. Der Detektiv konnte nur einen flüchtigen Blick auf eine dunkle Gestalt erhaschen, bevor sie im Schatten verschwand.

Sein Herz pochte vor Aufregung und Anspannung. Wer war dieser Verfolger, und warum beobachtete er ihn? Peter Fischer wusste, dass er sich in eine gefährliche Situation gebracht hatte, aber er war nicht bereit aufzugeben. Er musste die Geheimnisse des Tagebuchs lüften, um den Mörder von Herrn Müller zu finden und die Wahrheit ans Licht zu bringen.

Die Spannung in der Luft war förmlich greifbar, als Peter Fischer tiefer in die Entschlüsselung der geheimnisvollen Notizen eintauchte. Er war sich bewusst, dass er auf etwas gestoßen war, das viel größer war als der Mord an Herrn Müller. Ein Netz aus Intrigen, Verschwörungen und dunklen Geheimnissen schien sich vor ihm auszubreiten, und er war entschlossen, es zu entwirren. Die nächste Spur, die er verfolgen würde, führte ihn noch tiefer in das Geheimnis des Tagebuchs und der geheimen Organisation namens „Die Schatten".

aufzuklären - to clarify, elucidate

beobachtet - observed, watched

Blick - glance, look

dunklen Ecken - dark corners

eintauchte - delved, immersed

einschüchtern - intimidate

entfachte - kindled, ignited

enthüllte - revealed

entwirren - untangle

erhaschen - catch a glimpse of

Ermittlungen - investigations

flüchtigen - fleeting

förmlich - literally, virtually

Gedanken - thoughts

greifbar - tangible, palpable

hastig - hastily

herunter - down

imposanten - imposing

Intrigen - intrigues

lauerte - lurked

Lichtstrahl - beam of light

Machenschaften - machinations, dealings

Mörder - murderer

paranoid - paranoid

schlichtes - plain, simple

Schubladen - drawers

spürte - felt, sensed

Taschenlampe - flashlight

tiefer - deeper

unbekannter Verfolger - unknown pursuer

unerklärlich - inexplicable

unerwarteten - unexpected

unheimlichen - eerie, uncanny

verschoben - shifted, deferred

Verstecken - hide, hiding place

Verwickelt - involved, entangled

Vorahnung - premonition

Wohlstand - prosperity, affluence

zerstreuten - scattered

3. Die geheime Organisation

Nach unzähligen Stunden der Entschlüsselung und des Grübelns gelang es Peter Fischer endlich, die Notizen im Tagebuch von Herrn Müller zu entschlüsseln. Die verschlüsselten Nachrichten führten ihn zu einer geheimen Organisation mit dem beunruhigenden Namen „Die Schatten". Dieser Name schien nicht zufällig gewählt zu sein, denn die Organisation operierte im Verborgenen und bewegte sich in den dunklen Ecken der Stadt.

Die Notizen offenbarten, dass „Die Schatten" in illegale Aktivitäten und Korruption verwickelt waren. Es gab Erwähnungen von Geldwäsche, Erpressung und illegalen Geschäften. Peter Fischer wurde zusehends klarer, dass Herr Müller Informationen über diese Organisation besessen hatte. Möglicherweise hatte er sich mit „Die Schatten" angelegt oder war unbeabsichtigt in ihre Machenschaften verwickelt worden.

Der Detektiv sah sich mit einem gefährlichen Netz aus Intrigen und Geheimnissen konfrontiert. Er wusste, dass er mehr über „Die Schatten" herausfinden musste, um den Mord an Herrn Müller aufzuklären und die Wahrheit ans Licht zu bringen.

Um mehr über die Organisation zu erfahren, beschloss Peter Fischer, einen Informanten aufzusuchen. Er hatte Kontakte in der Unterwelt der Stadt, Menschen, die Informationen über die schattigen Aktivitäten von „Die Schatten" haben könnten.

Der Informant, den er aufsuchte, war ein zwielichtiger Mann mit vielen Narben und einer düsteren Ausstrahlung. Er warf Peter Fischer einen misstrauischen Blick zu, als dieser nach Informationen über „Die Schatten" fragte. Der Informant, den sie alle „Krummer Max" nannten, warnte den Detektiv vor den gefährlichen Konsequenzen seiner Nachforschungen.

„Die Schatten" seien eine mächtige und gefährliche Organisation, sagte Krummer Max. Sie würden keine Ermittlungen tolerieren und seien bereit, jeden, der sich in ihre Angelegenheiten einmischte, zum Schweigen zu bringen. Peter Fischer sollte sich vor ihnen hüten und sich nicht in Gefahr begeben, warnte er.

Aber Peter Fischer war entschlossen, die Wahrheit ans Licht zu bringen, und ließ sich nicht von den Warnungen abschrecken. Er wusste, dass er der einzige war, der den Mord an Herrn Müller aufklären konnte.

Mit den Informationen von Krummer Max im Hinterkopf begann Peter Fischer, eine neue Spur zu verfolgen. Er hatte Hinweise auf ein geheimes Treffen von „Die Schatten" gefunden, das in den kommenden Tagen stattfinden sollte. Es war seine Chance, mehr über die Organisation zu erfahren und Beweise zu sammeln, die sie entlarven könnten.

Die Tage vergingen, und die Spannung stieg, als Peter Fischer dem geheimen Treffen näher kam. Er konnte nicht verhindern, dass sich seine Gedanken um die drohenden Gefahren drehten, aber er war fest entschlossen, den Mörder von Herrn Müller und die dunklen Machenschaften von „Die Schatten" zu entlarven.

Schließlich war der Tag des geheimen Treffens gekommen. Peter Fischer schlich sich unbemerkt in das Gebäude, in dem die Mitglieder von „Die Schatten" versammelt waren. Er versteckte sich in einem dunklen Raum und lauschte aufmerksam.

Die Mitglieder der Organisation, in finstere Mäntel gehüllt und mit verdeckten Gesichtern, trafen sich in einem abgedunkelten Raum. Das Licht war gedämpft, und die Atmosphäre war gespannt. Peter Fischer konnte ihre gedämpften Stimmen hören, während sie über weitere Verbrechen sprachen.

Es war ein schockierendes Gespräch, das er mithörte. Die Mitglieder von „Die Schatten" planten illegale Geschäfte, Erpressungen und sogar Mord. Sie schienen vor nichts zurückzuschrecken, um ihre Interessen zu schützen und ihre Macht zu festigen.

Peter Fischer wusste, dass er sich in einer äußerst gefährlichen Situation befand. Er musste vorsichtig sein und sicherstellen, dass er nicht entdeckt wurde. Gleichzeitig verstand er, dass er jetzt vor der Aufgabe stand, die Organisation zu entlarven und die Wahrheit über ihre Verbrechen ans Licht zu bringen.

Der Detektiv war entschlossen, die Informationen, die er gesammelt hatte, zu nutzen, um „Die Schatten" zu Fall zu bringen. Aber der Weg, den er gehen würde, war gefährlich und voller Gefahren. Die Spannung erreichte ihren Höhepunkt, als Peter Fischer sich aufmachte, um die Organisation zu entlarven und den Mörder von Herrn Müller zu finden.

abgedunkelten - dimmed

Angelegenheiten - matters, affairs

aufklären - to solve, clear up

aufzusuchen - to visit, seek out

ausstrahlung - aura, emanation

beunruhigenden - disconcerting, unsettling

düsteren - gloomy, sinister

entlarven - to expose, unmask

Erpressung - blackmail, extortion

finstere - dark, sinister

gedämpften - muffled, subdued

Gedanken - thoughts

gefährlichen Konsequenzen - dangerous consequences

Geheimnissen - secrets

Grübelns - pondering, brooding

Informant - informant

Interessen - interests

Konkurrenten - competitors

Korruption - corruption

Machenschaften - machinations, dealings

Mäntel - coats

Mächtige - powerful

Mörder - murderer

Narben - scars

Organisation - organization

paranoid - paranoid

Recherchen - research, investigations

Schatten - shadows

schockierendes - shocking

Spannung - tension

unbeabsichtigt - inadvertently, unintentionally

unheimlichen - eerie, uncanny

Verbrechen - crimes

Verdeckten - concealed, covert

Verfolger - pursuer

Versammlung - gathering, assembly

Verschwörung - conspiracy

Wendung - twist, turn

zwielichtiger - shady, dubious

4. Die Flucht

Peter Fischer wusste, dass er Beweise benötigte, um „Die Schatten" zu entlarven und ihre kriminellen Machenschaften aufzudecken. Die schockierenden Gespräche, die er belauscht hatte, reichten nicht aus, um die Mitglieder der Organisation vor Gericht zu bringen. Er musste handfeste Beweise sammeln, um ihre Verbrechen zu beweisen.

Entschlossen und vorsichtig wie immer, entschied sich Peter Fischer, sich in das Hauptquartier von „Die Schatten" einzuschleichen, um Beweise zu beschaffen. Er wusste, dass er sich in Gefahr begab, aber die Notwendigkeit, die Wahrheit aufzudecken, trieb ihn an.

In der Dunkelheit der Nacht schlich er sich unbemerkt in das Gebäude, in dem „Die Schatten" ihre geheimen Treffen abhielten. Er warf einen Blick auf die schwer bewachte Eingangstür und suchte nach einem Weg, unbemerkt hineinzukommen. Nachdem er eine versteckte Tür gefunden hatte, die scheinbar ungenutzt war, zwängte er sich hindurch und betrat das Gebäude.

Doch Peter Fischer war nicht der Einzige, der Pläne schmiedete. Kaum hatte er das Innere des Gebäudes betreten, geriet er in einen Hinterhalt. Die Mitglieder von „Die Schatten" waren aufmerksam und misstrauisch. Sie hatten seine Anwesenheit bemerkt und waren darauf vorbereitet, ihn zu stellen.

Mit einem plötzlichen Ruck wurde Peter Fischer überwältigt und gefangen genommen. Er fand sich gefesselt und geknebelt wieder, gefangen in einem Raum ohne Ausweg. Die Mitglieder der Organisation verhörten ihn und versuchten, ihn zum Schweigen zu bringen. Sie waren wütend darüber, dass er ihre geheimen Pläne belauscht hatte, und sie waren bereit, alles zu tun, um ihre kriminellen Aktivitäten zu schützen.

Aber Peter Fischer war kein Mann, der so leicht aufgab. Trotz der Gefahr und der Bedrohungen, die auf ihn einprasselten, plante er seine Flucht. Er wusste, dass er die Beweise, die er bisher gesammelt hatte, nicht aufgeben durfte. Sie waren der Schlüssel, um „Die Schatten" zu Fall zu bringen und die Stadt von ihrer dunklen Macht zu befreien.

Während er gefesselt in einem dunklen Raum gefangen war, begann er, die Umgebung aufmerksam zu beobachten. Er suchte nach Anzeichen für einen Ausweg, eine Möglichkeit, seinen gefährlichen Widersachern zu entkommen. Und schließlich wurde er fündig.

Am Rand des Raumes bemerkte er eine lose Wandverkleidung, die auf den ersten Blick unauffällig wirkte. Doch bei genauerem Hinsehen erkannte er, dass sich dahinter ein verborgener Ausgang befand. Mit geschickten Fingern gelang es ihm, die Verkleidung zu lösen und sich Zugang zu dem schmalen Gang dahinter zu verschaffen.

Mit äußerster Vorsicht und Geschicklichkeit gelang es ihm, sich durch den engen Gang zu bewegen und schließlich in einen Raum zu gelangen, der weniger streng bewacht war. Von dort aus konnte er seinen Fluchtplan weiterverfolgen.

Die Mitglieder von „Die Schatten" hatten seine Flucht nicht bemerkt und waren immer noch damit beschäftigt, den gefangenen Detektiv zu verhören. Peter Fischer wusste, dass er schnell handeln musste. Er fand ein Telefon und wählte die Nummer der örtlichen Polizei.

Mit leiser Stimme teilte er den Beamten mit, wo er sich befand und dass er dringend Hilfe benötigte. Die Polizei versprach, so schnell wie möglich zu kommen, aber Peter Fischer wusste, dass er nicht auf sie warten konnte. Er musste die gesammelten Beweise sichern und sich selbst in Sicherheit bringen.

Mit einer Taschenlampe bewaffnet, durchsuchte er die Räume nach Beweismaterial. Er sammelte Dokumente, Aufzeichnungen und Fotos, die die illegalen Aktivitäten von „Die Schatten" dokumentierten. Er wusste, dass diese Beweise entscheidend waren, um die Organisation vor Gericht zu bringen.

Gerade als er die letzten Beweise zusammenstellte, hörte er, wie die Mitglieder von „Die Schatten" entdeckten, dass er entkommen war. Das Geschrei und die Wut in ihren Stimmen drangen bis zu ihm vor. Schnell machte er sich auf den Weg zum vereinbarten Treffpunkt mit der Polizei.

Es war ein Wettlauf gegen die Zeit. Peter Fischer wusste, dass „Die Schatten" alles daran setzen würden, ihn aufzuhalten und die Beweise zu vernichten. Mit jedem Schritt, den er näher zum Treffpunkt kam, stieg die Spannung.

Schließlich erreichte er den Treffpunkt und wartete auf die Ankunft der Polizei. Als die Beamten eintrafen, übergab er ihnen die gesammelten Beweise und erzählte ihnen von seinen Ermittlungen und dem geheimen Treffen von „Die Schatten".

Die Polizei begann sofort, gegen „Die Schatten" zu ermitteln. Sie durchsuchten das Hauptquartier der Organisation und nahmen mehrere Mitglieder fest. Die Stadt Steinbach erlebte eine Welle der Erleichterung, als die kriminelle Macht von „Die Schatten" endlich gebrochen wurde.

Doch die Organisation gab nicht so leicht auf. Sie waren nicht bereit, tatenlos zuzusehen, wie ihre Mitglieder verhaftet wurden und ihre Verbrechen ans Licht kamen. Sie setzten alles daran, Peter Fischer ausfindig zu machen und Rache zu üben.

Die Spannung erreichte ihren Höhepunkt, als „Die Schatten" Jagd auf den Detektiv machten. Peter Fischer wusste, dass er weiterhin in Gefahr schwebte, aber er war entschlossen, die Stadt von ihrer dunklen Bedrohung zu befreien und die Wahrheit zu verteidigen. Der Showdown zwischen ihm und „Die Schatten" war unausweichlich, und das Schicksal der Stadt hing von seinem Mut und seiner Entschlossenheit ab.

Anwesenheit - presence

aufzudecken - to uncover, to reveal

aufzuhalten - to stop, to hold up

belauscht - eavesdropped

Beweismaterial - evidence

Beweise - evidence, proofs

Dokumente - documents

durchsuchte - searched

Eingangstür - entrance door

Ermittlungen - investigations

flüchtig - fleeting

Gang - corridor, passage

gefesselt - tied up, shackled

geknebelt - gagged

Hauptquartier - headquarters

Hinterhalt - ambush

Höhepunkt - climax, peak

Informanten - informants

kriminellen Machenschaften - criminal machinations

Rache - revenge

Ruck - jerk, jolt

sammelte - collected, gathered

schmiedete - forged, schemed

Showdown - showdown

Stimmen - voices

Taschenlampe - flashlight

Treffen - meeting

Treffpunkt - meeting point

unauffällig - inconspicuous, unobtrusive

unausweichlich - inevitable

verdeckten Gesichtern - concealed faces

Verfolger - pursuers

verhörten - interrogated

Wettlauf - race, contest

5. Das große Finale

Das große Finale rückte näher, als Peter Fischer und die örtliche Polizei zusammenarbeiteten, um „Die Schatten" zu stoppen. Die Beweise, die der Detektiv gesammelt hatte, waren erdrückend, und es war an der Zeit, die Organisation zur Rechenschaft zu ziehen.

„Die Schatten" waren jedoch nicht bereit, ihre dunklen Geheimnisse so leicht preiszugeben. Sie setzten alles daran, ihre Mitglieder zu schützen und ihre illegalen Aktivitäten zu vertuschen. Die Spannung in der Stadt war förmlich spürbar, da die Mitglieder der Organisation sich in den Schatten versteckten und auf den Showdown warteten.

Der Höhepunkt der Spannung kam, als Peter Fischer den Anführer von „Die Schatten" aufspürte. Der Anführer war ein skrupelloser Mann, der für seine rücksichtslosen Methoden bekannt war. Es war ein gefährlicher Moment, als Peter Fischer und der Anführer einander gegenüberstanden und die Schicksale der Stadt auf dem Spiel standen.

Es kam zu einem dramatischen Kampf, bei dem Peter Fischer all seine Fähigkeiten und seinen Mut einsetzte. Die beiden Männer kämpften verbissen, während die Polizei sich näherte, um die Situation zu sichern.

In einem atemberaubenden Moment gelang es Peter Fischer, den Anführer von „Die Schatten" zu überwältigen und ihn zu entwaffnen. Die Polizei war schnell vor Ort und verhaftete den gefährlichen Mann, der so lange die Stadt in Angst und Schrecken versetzt hatte.

Die Verhaftung des Anführers war der Wendepunkt in den Ermittlungen gegen „Die Schatten". Mit ihm in Gewahrsam waren die Mitglieder der Organisation verwundbar, und die Polizei konnte weitere Verhaftungen vornehmen.

Die Wahrheit über Herrn Müllers Mord und die Machenschaften von „Die Schatten" wurde endlich enthüllt. Die Beweise, die Peter Fischer gesammelt hatte, zeigten, dass die Organisation in eine Vielzahl von Verbrechen verwickelt war, von Erpressung bis hin zu Mord.

Die Stadt Steinbach konnte endlich aufatmen, als die kriminelle Macht von „Die Schatten" gebrochen wurde. Die Bürger fühlten sich sicherer, da die dunkle Bedrohung, die über ihnen geschwebt hatte, verschwunden war.

Doch trotz des Sieges blieben die Spannungen in der Stadt bestehen. Die Enthüllungen über „Die Schatten" hatten die Gemeinschaft erschüttert, und die Bewohner fragten sich, wer noch in die dunklen Machenschaften verwickelt sein könnte.

Peter Fischer hatte den Fall gelöst, aber er wusste, dass die Welt voller Geheimnisse war, und sein Durst nach Wahrheit und Gerechtigkeit war noch nicht gestillt. Er war bereit für sein nächstes Abenteuer, denn die Welt des Verbrechens hörte nie auf.

Als er den Ort des Showdowns verließ, blickte er nachdenklich in die Ferne. Welches Geheimnis würde er als Nächstes aufdecken? Welcher Fall würde ihn als nächstes herausfordern? Peter Fischer war sich sicher, dass es in dieser Welt immer noch Rätsel zu lösen gab, und er würde weiterhin seine Fähigkeiten einsetzen, um die Wahrheit ans Licht zu bringen und diejenigen zur Rechenschaft zu ziehen, die im Dunkeln agierten.

Anführer - leader

atemberaubenden - breathtaking

aufspürte - tracked down

dramatischen - dramatic

Durst - thirst

entwaffnen - disarm

erdrückend - overwhelming

erschüttert - shocked, shaken

Ferse - distance (in this context, "into the distance")

Gewahrsam - custody

Herausfordern - challenge

kämpften - fought

Machenschaften - machinations, schemes

preiszugeben - to reveal

rücksichtslosen - reckless

Rätsel - mysteries

sich näherte - approached

skrupelloser - unscrupulous

Verhaftungen - arrests

Wendepunkt - turning point

zur Rechenschaft zu ziehen - to hold accountable

Die Entführung in München

1. Der mysteriöse Anruf

Der Morgen war kühl und grau in München, als Frau Schmidt plötzlich ihr Handy klingeln hörte. Mit zitternden Händen nahm sie den Anruf entgegen.

„Frau Schmidt?", flüsterte eine maskierte Stimme am anderen Ende der Leitung.

„Ja, wer sind Sie? Was wollen Sie?", antwortete Frau Schmidt, ihr Herz schlug schnell vor Angst.

„Ihre Tochter Lisa ist bei uns. Wenn Sie sie wiedersehen wollen, müssen Sie genau tun, was wir Ihnen sagen."

Ein eiskalter Schauer lief Frau Schmidt den Rücken hinunter. „Was wollen Sie? Mein Kind freilassen!"

„Ruhe!", befahl die Stimme. „Sie werden ein hohes Lösegeld zahlen, wenn Sie Ihre Tochter lebendig zurückhaben wollen."

Bevor Frau Schmidt antworten konnte, wurde der Anruf beendet. In Panik rief sie sofort die Polizei. Innerhalb von Minuten war das Haus von Polizisten umgeben. Der erfahrene Detektiv Bauer trat vor.

„Frau Schmidt, ich bin Detektiv Bauer. Wir werden alles tun, um Ihre Tochter sicher nach Hause zu bringen", versicherte er.

Sie nickte, die Tränen in den Augen. „Bitte finden Sie meine Lisa."

Detektiv Bauer versicherte ihr, dass sie alle verfügbaren Ressourcen einsetzen würden, um Lisa zu finden. Er begann mit der Überprüfung von Lisas Freunden und Verwandten, um festzustellen, ob jemand ein Motiv für die Entführung haben könnte.

Währenddessen wurde die Nachricht von der Entführung in den Medien verbreitet. Ganz München war in Aufruhr über die schockierende Nachricht der Entführung eines jungen Mädchens im Herzen der Stadt.

Während Detektiv Bauer die Befragungen fortsetzte, bekam er einen Tipp von einem Zeugen, der einen verdächtigen Lieferwagen in der Nähe von Lisas Schule gesehen hatte. Das Nummernschild des Wagens war teilweise sichtbar, und Bauer hoffte, dass dies ihre erste wirkliche Spur sein könnte.

„Beschreiben Sie den Lieferwagen", bat Bauer den Zeugen.

„Es war ein weißer Van mit dunklen Fenstern. Das einzige, was mir auffiel, war ein zerkratztes 'X' auf der Seite", antwortete der Zeuge.

Das war der Durchbruch, den Detektiv Bauer brauchte. Mit diesem neuen Hinweis begann er, die Spur des Lieferwagens zu verfolgen, in der Hoffnung, Lisa und ihren Entführer zu finden.

Die Uhr tickte, und die Spannung stieg mit jeder Minute. Jeder wusste, dass die ersten 48 Stunden nach einer Entführung entscheidend waren. Das Rennen gegen die Zeit hatte begonnen, und Detektiv Bauer war entschlossen, Lisa sicher nach Hause zu bringen.

Anruf - call

Aufruhr - uproar

Bauer - (in this context) surname

befahl - commanded

Befragungen - interrogations

Durchbruch - breakthrough

Entführer - kidnapper

Entführung - kidnapping

erfahrene - experienced

Freilassen - release

Handy - mobile phone

Herz - heart

klingeln - ring (as in a phone ringing)

Lösegeld - ransom

maskierte - masked

Medien - media

Nachricht - news, message

Nummernschild - license plate

Polizisten - policemen

Ressourcen - resources

Schauer - shiver

Tipp - tip, hint

Tränen - tears

verfügbaren - available

Verwandten - relatives

Zeugen - witness (singular: Zeuge)

zitternden - trembling

2. Die versteckte Hütte

Detektiv Bauer fuhr stundenlang durch das Münchner Umland, folgte den Spuren des Lieferwagens und gelangte schließlich zu einer alten, verfallenen Hütte in einem abgelegenen Waldstück. Von außen sah die Hütte verlassen aus, aber Bauer hatte genug Erfahrung, um zu wissen, dass der Schein trügen konnte.

Vorsichtig näherte er sich der Hütte und spähte durch ein Fenster. Drinnen war es dunkel, aber er konnte den Umriss eines Bettes, eines Tisches und einiger Stühle erkennen. Und dann, auf dem Tisch, sah er es: Ein Foto von Lisa, ein Stück ihres T-Shirts und ein Handy.

Das Handy klingelte plötzlich, und Bauer zuckte zusammen. Es war Frau Schmidt, die Anruf-ID zeigte es deutlich. Er nahm das Gespräch auf Lautsprecher.

„Frau Schmidt?", fragte eine verzerrte Stimme.

„Ja, wo ist meine Tochter? Was wollen Sie?", antwortete sie verzweifelt.

„Das Lösegeld wird morgen um Mitternacht in einem Koffer am Münchner Hauptbahnhof übergeben. Alleine! Keine Polizei!", befahl die Stimme.

Detektiv Bauer hörte aufmerksam zu und machte sich mental Notizen. Nachdem das Gespräch beendet war, eilte er zurück zu seinem Auto und fuhr zurück zur Polizeistation, um einen Plan zu schmieden.

In der Station zeigte er den anderen Beamten die Beweise und spielte die Aufnahme des Telefonats vor. Es war klar, dass sie eine Falle für den Entführer vorbereiten mussten.

Während die Vorbereitungen liefen, suchte Bauer nach Verbindungen des Entführers zur Unterwelt. Er wusste, dass die meisten Entführungen in München von kriminellen Banden organisiert wurden. Bald hatte er einen Verdacht und kontaktierte einen seiner Informanten aus der Münchner Unterwelt.

In einer dunklen Gasse trafen sie sich. „Was weißt du über die Entführung von Lisa Schmidt?", fragte Bauer.

Der Informant zögerte. „Es ist gefährlich, darüber zu sprechen. Aber ich habe gehört, dass es nicht nur einen, sondern zwei Entführer gibt. Sie sind beide gefährlich und haben Verbindungen zu einer großen Bande in München."

Bauer nickte. „Ich brauche Namen."

Der Informant gab ihm zwei Namen und eine Adresse. „Sei vorsichtig, Bauer. Diese Leute scherzen nicht."

Zurück auf der Polizeistation organisierte Bauer ein Team, um die Adresse zu überwachen. Die Zeit drängte. Sie mussten Lisa finden, bevor es zu spät war. Jeder Moment zählte.

Während die Stunden verstrichen, bereiteten sie alles für die Lösegeldübergabe vor. Es war ein riskanter Plan, aber sie hatten keine andere Wahl. Sie mussten Lisa retten und die Entführer fassen.

Die Stadt München hielt den Atem an, während die Polizei ihre Arbeit machte. Alle hofften und beteten für die sichere Rückkehr des jungen Mädchens. Das Schicksal von Lisa Schmidt lag nun in den Händen von Detektiv Bauer und seinem Team.

abgelegenen - remote, secluded

Adresse - address

aufmerksam - attentive, closely

Atem - breath

Banden - gangs

eilen - to hurry

entfallenen - dilapidated, rundown

Entführer - kidnapper

Falle - trap

Gasse - alley, lane

Informant - informant

Koffer - suitcase

Lösegeldübergabe - ransom handover

Münchner - (in this context) of Munich

Notizen - notes

Polizeistation - police station

Rückkehr - return, comeback

Schein - appearance

spähte - peeped, peeked

Umland - outskirts, surrounding area

Umriss - outline, silhouette

Unterwelt - underworld

verstrichen - elapsed

verzerrte - distorted

verzweifelt - desperate

zögerte - hesitated

zuckte - flinched, twitched

3. Der geheime Plan

In einem ruhigen Raum der Polizeistation saß Detektiv Bauer und überdachte alle Informationen, die er hatte. Jede Sekunde zählte und er musste schnell handeln. Mit einem tiefen Atemzug legte er einen detaillierten Plan fest.

„Wir brauchen eine Ablenkung", begann er, als er seine Kollegen um sich versammelte. „Wir werden den Entführern vorgaukeln, dass wir das Lösegeld übergeben, aber es wird Polizeibeamte geben, die sie bei der Übergabe festnehmen."

Am Ort der Lösegeldübergabe positionierten sich die Polizeikräfte strategisch. Der Informant, der Bauer wertvolle Informationen gegeben hatte, war ebenfalls dort. Er gab Bauer einen entscheidenden Hinweis.

„Der zweite Entführer hat ein auffälliges Tattoo am Hals. Ein Drache", flüsterte er.

Mit dieser Beschreibung konnte die Polizei den zweiten Entführer identifizieren und festnehmen. Als er in Gewahrsam genommen wurde, schrie er und sträubte sich.

„Wo ist das Mädchen?", fragte Bauer streng.

„Ich sage nichts!", spuckte der Entführer aus.

Doch Bauer war nicht jemand, der so leicht aufgab. Mit seiner scharfen Intuition und einigen überzeugenden Techniken fand er heraus, dass Lisa in einem verlassenen Lagerhaus am Rande der Stadt versteckt war.

Ohne Zeit zu verlieren, fuhren sie zum Lagerhaus. Der Ort war düster und einschüchternd. Das Team bereitete sich vor, das Lagerhaus zu stürmen. Mit gezogenen Waffen gingen sie vorsichtig hinein.

In einem dunklen Raum fanden sie schließlich Lisa, gefesselt und verängstigt, aber unverletzt. „Alles wird gut, Lisa", beruhigte Bauer sie, während er die Fesseln löste.

Doch gerade als sie dachten, dass alles vorbei war, hörten sie ein Geräusch. Der Hauptentführer war noch im Lagerhaus. Es gab einen kurzen, aber intensiven Schusswechsel. Als der Rauch sich legte, war der Hauptentführer verschwunden.

„Er ist entkommen!", rief ein Polizist.

Bauer atmete tief durch, erleichtert, dass Lisa sicher war, aber besorgt über den entkommenen Entführer. „Es ist noch nicht vorbei", murmelte er. „Wir werden ihn finden."

Lisa, noch zitternd vor Angst, sah Bauer an. „Danke, dass Sie mich gerettet haben", sagte sie leise.

Bauer lächelte und legte beruhigend eine Hand auf ihre Schulter. „Das ist mein Job", antwortete er.

Aber in seinem Kopf wusste er, dass die Jagd nach dem Hauptentführer gerade erst begonnen hatte. Das Abenteuer ging weiter.

Ablenkung - distraction

atmete - breathed

begonnen - started, begun

beruhigend - soothing, calming

beruhigte - calmed, reassured

detaillierten - detailed

düster - gloomy, somber

einschüchternd - intimidating

entkommen - escaped

festnehmen - arrest, detain

gefesselt - tied up, bound

gerettet - saved, rescued

Gewahrsam - custody

Hals - neck

Hauptentführer - main kidnapper

intensiven - intense

Lagerhaus - warehouse

murmelte - muttered, mumbled

positionierten - positioned

Schusswechsel - shootout, exchange of gunfire

sträubte sich - resisted, recoiled

streng - strict, stern

Tattoo - tattoo

überdachte - contemplated, considered

überzeugenden Techniken - convincing techniques

unverletzt - unharmed

vorgaukeln - to pretend, to feign

wertvolle - valuable

zitternd - trembling, shivering

4. Die Jagd beginnt

München, bekannt für seine ruhigen Straßen und seine historische Architektur, war plötzlich in einem Chaos aus Polizeisirenen und rasenden Autos. Detektiv Bauer war dem flüchtenden Entführer dicht auf den Fersen. Der Verkehr in der Innenstadt verdichtete sich, aber Bauer ließ sich nicht aufhalten.

„Er darf nicht entkommen!“, dachte er sich, während er das Gaspedal seines Wagens durchdrückte.

Am Hauptbahnhof versuchte der Entführer, in einen Zug zu steigen und ins Ausland zu fliehen. Detektiv Bauer erreichte den Bahnhof gerade rechtzeitig, um zu sehen, wie der Entführer auf einen Zug sprang. Er folgte ihm.

„Stoppen Sie den Zug!“, rief Bauer einem Polizisten zu, der in der Nähe stand.

Während der Zug verlangsamt wurde, recherchierte Bauer schnell über den Entführer. Zu seiner Überraschung fand er heraus, dass dieser Mann in der Vergangenheit bereits wegen Entführung festgenommen worden war. Er erkannte ein Muster und schmiedete einen Plan.

„Er wird versuchen, nach Österreich zu fliehen. Wir müssen die Grenze abriegeln“, sagte er zu einem Kollegen.

Als sie näher an die Grenze kamen, umstellte die Polizei ein verlassenes Gebäude, in dem sie glaubten, dass sich der Entführer versteckte. Bauer entschied, alleine hineinzugehen und zu versuchen, mit dem Entführer zu sprechen.

In dem dunklen Gebäude rief er: „Kommen Sie raus! Es ist vorbei. Es gibt keinen Ausweg mehr.“

Eine Stimme aus dem Dunkeln antwortete: „Warum sollte ich aufgeben? Was können Sie mir anbieten?“

Bauer dachte nach. „Ein faires Verfahren. Eine Chance, Ihre Geschichte zu erzählen. Aber wenn Sie weiter fliehen, wird es nur schlimmer für Sie.“

Es war still. Dann kam der Entführer langsam aus dem Schatten, die Hände erhoben.

„Ich wollte nie, dass es so endet“, sagte er leise.

Zurück auf der Polizeistation wurde der Entführer verhört. Das Rätsel um seine Motive wurde endlich gelüftet. Er war einst ein erfolgreicher Geschäftsmann gewesen, der alles verloren hatte und zu extremen Maßnahmen gegriffen hatte, um seine Schulden zu bezahlen.

„Ich bereue alles", sagte er, Tränen in den Augen.

Bauer sah ihn an, ein Ausdruck des Mitleids auf seinem Gesicht. „Sie müssen für Ihre Taten verantwortlich gemacht werden, aber ich hoffe, dass Sie eines Tages den Frieden finden."

Das Kapitel des Entführungsfalls in München war abgeschlossen, aber für Detektiv Bauer war es nur ein weiterer Fall in einer langen Karriere, die von Rätseln und Intrigen geprägt war.

abriegeln - to block off, seal off

bereue - regret

dicht auf den Fersen - close on the heels

durchdrückte - pressed down

erhoben - raised

flüchtenden - fleeing

Gaspedal - gas pedal

Geschäftsmann - businessman

grenze - border

historische Architektur - historic architecture

Mitleids - pity, compassion

Motiven - motives

rasenden - speeding, racing

schmiedete - forged, devised

umstellen - to surround, encircle

verantwortlich gemacht - held responsible

verhört - interrogated

Verkehr - traffic

Zug - train

5. Das Ende eines Falles

Die Morgensonne schien hell, als Lisa, die junge Frau, die kürzlich einer schrecklichen Entführung entkommen war, zu ihrer Familie zurückkehrte. Ihr Zuhause war voller Leben und Freude, und die Erleichterung ihrer Familie war greifbar.

„Danke, dass du zurück bist", sagte ihre Mutter, Tränen in den Augen, als sie ihre Tochter fest umarmte.

Der Entführer wurde vor Gericht gestellt. Der Gerichtssaal war gefüllt mit Menschen, die den Ausgang des Prozesses verfolgten. Die Beweise waren erdrückend und es war klar, dass er für seine Taten verantwortlich gemacht werden würde.

Detektiv Bauer, der Mann, der unermüdlich daran gearbeitet hatte, Lisa zu retten und den Entführer zu fassen, war der heimliche Held der ganzen Stadt. Überall, wo er hinging, wurde er mit Anerkennung und Dankbarkeit überschüttet.

„Sie haben hervorragende Arbeit geleistet, Bauer", sagte der Polizeichef und klopfte ihm auf die Schulter.

Aber Bauer, obwohl er den Beifall schätzte, fühlte, dass er eine Pause brauchte. Die Intensität des Falles hatte ihn erschöpft. Er entschloss sich, eine kurze Auszeit zu nehmen und sich von der Arbeit zu erholen.

München, die Stadt, die er liebte und für die er so hart gearbeitet hatte, zeigte ihm ihre Dankbarkeit auf verschiedene Weise. Ein lokales Café benannte sogar einen Kaffee nach ihm - den „Detektiv Bauer Kaffee".

Während Lisa und ihre Familie begannen, ihr Leben langsam wieder aufzubauen, und versuchten, die schrecklichen Erinnerungen hinter sich zu lassen, kam eines Tages ein mysteriöser Brief für Detektiv Bauer an.

Er öffnete den Brief und las: „Lieber Herr Bauer, mein Name ist Inspector Clark aus London. Ich habe von Ihrer beeindruckenden

Arbeit in München gehört. Ich habe hier in London einen Fall, der Ihre Expertise erfordern könnte. Ich hoffe, Sie können mir helfen."

Bauer, obwohl er eigentlich eine Pause machen wollte, spürte das Kribbeln der Neugier. Ein neuer Fall, eine neue Stadt, ein neues Abenteuer - das war es, was er liebte.

Er packte seine Sachen und machte sich auf den Weg zum Flughafen. Als er im Flugzeug saß und sich London näherte, lächelte er.

„Ein neues Abenteuer beginnt", dachte er und blickte gespannt auf die Wolken unter ihm.

Das war das Ende des Falls in München, aber für Detektiv Bauer war es nur der Beginn vieler weiterer Abenteuer, die noch kommen würden.

Ausgang - outcome

Auszeit - break, time-out

Beifall - applause, acclaim

beeindruckenden - impressive

Beifall - applause, acclaim

Brief - letter

Dankbarkeit - gratitude

erdrückend - overwhelming

Erleichterung - relief

erfordern - to require, demand

greifbar - tangible, palpable

heimliche - secret

hervorragende - excellent

Kribbeln - tingling

Neugier - curiosity

Prozess - trial, process

retten - to save, rescue

schätzte - estimated, appreciated

überschüttet - showered, overwhelmed

umarmte - hugged, embraced

unermüdlich - tirelessly

verfolgten - followed, pursued

Wolken - clouds

Der Fluch der Inka

1. Ein unerwarteter Anruf

Es war ein regnerischer Morgen in Berlin, als Thomas, ein erfahrener Detektiv, von einem unbekannten Anrufer aus Peru kontaktiert wurde. Er nahm das Telefon und meldete sich: „Thomas Berger, wie kann ich helfen?"

„Señor Berger, mein Name ist Carlos. Ich bin Polizeichef in Cusco, Peru. Ein Archäologe wurde bei einer Ausgrabung ermordet. Es ist ein komplizierter Fall, und wir sind ratlos. Wir haben von Ihren Fähigkeiten gehört und hoffen, dass Sie uns helfen können."

Thomas rieb sich das Kinn. „Ein Mord in einer Inka-Stätte? Klingt ungewöhnlich."

Carlos atmete tief ein. „Ja, und es gibt Gerüchte über einen alten Inka-Fluch. Viele glauben, dass dieser Fluch real ist."

Thomas lachte kurz. „Ich bin nicht abergläubisch, Carlos. Aber ich bin neugierig. Ich werde nach Peru kommen."

Eine Woche später landete Thomas in Cusco. Carlos holte ihn vom Flughafen ab, und sie fuhren direkt zum Tatort – einer alten, versteckten Inka-Stätte.

Beim Betreten der Stätte bemerkte Thomas seltsame Symbole, die um den Tatort herum eingraviert waren. „Was bedeuten diese Zeichen?", fragte er.

Carlos zuckte mit den Schultern. „Wir wissen es nicht genau. Aber ein Historiker, Dr. Morales, könnte uns helfen."

Dr. Morales, ein älterer Herr mit grauem Haar und Brille, trat vor. „Diese Symbole sind heilige Inka-Zeichen, Señor Berger. Sie sind mit alten Ritualen verbunden, um die Götter zu besänftigen."

Thomas schaute ihn skeptisch an. „Glauben Sie an diesen Fluch, Dr. Morales?"

Der Historiker zögerte. „Ich bin ein Mann der Wissenschaft, Señor Berger. Aber in meiner Kultur gibt es Geschichten, die von

Generation zu Generation weitergegeben werden. Dieser Fluch ist sehr alt und viele glauben daran."

Thomas nickte. „Ich verstehe. Aber lassen Sie uns zu den Fakten zurückkehren. Ich möchte alle Archäologen befragen, die zur Zeit des Mordes hier waren."

Carlos führte Thomas zu einem Zelt, wo die Archäologen arbeiteten. Einer nach dem anderen erzählte von ihrer Arbeit und was sie am Tag des Mordes gesehen hatten. Doch keiner von ihnen schien etwas Verdächtiges bemerkt zu haben.

Nach mehreren Stunden verließ Thomas die Stätte, den Kopf voller Informationen und Fragen.

Carlos sah ihn besorgt an. „Was denken Sie, Señor Berger?"

Thomas seufzte. „Es ist noch zu früh, um etwas zu sagen, Carlos. Aber ich werde alles tun, um diesen Fall zu lösen."

Carlos nickte dankbar. „Vielen Dank, Señor Berger. Das Leben dieses Archäologen mag hier in den Anden verloren gegangen sein, aber wir werden Gerechtigkeit für ihn suchen."

Die beiden Männer schüttelten sich die Hände, fest entschlossen, das Rätsel des ermordeten Archäologen und des Inka-Fluchs zu lösen.

aberglaubisch - superstitious

Archäologe - archaeologist

Ausgrabung - excavation

besänftigen - to appease, pacify

Betrachten - to consider, regard

ermordet - murdered

Fähigkeiten - skills, abilities

Fluch - curse

Generation - generation

Gerechtigkeit - justice

Gerüchte - rumors

Götter - gods

Historiker - historian

Inka-Stätte - Inca site

neugierig - curious

Rätsel - mystery, puzzle

ratlos - clueless, at a loss

Ritualen - rituals

Señor - Mister (in Spanish)

Symbole - symbols

Tatort - crime scene

ungewöhnlich - unusual

verbinden - to connect, link

verloren gegangen - lost, gone astray

Zeichen - signs, symbols

2. Die ersten Hinweise

Einige Tage nach seiner Ankunft in Cusco klopfte Carlos an die Tür von Thomas. „Señor Berger, wir haben etwas gefunden! Das Tagebuch des ermordeten Archäologen."

Thomas nahm das Tagebuch und begann es zu durchblättern. In den neuesten Einträgen war von einer „wichtigen Entdeckung" die Rede, die der Archäologe gemacht hatte. Es schien, dass diese Entdeckung das Potential hatte, die Geschichte der Inka völlig zu verändern.

Carlos schaute Thomas an. „Es gibt auch Gerüchte, dass er kurz vor seinem Tod einen Streit mit einem Kollegen hatte."

Thomas sah auf. „Ein Streit? Worum ging es?"

Carlos zuckte mit den Schultern. „Wir sind uns nicht sicher, aber der Kollege hatte früher versucht, einige Entdeckungen zu stehlen."

Mit diesem neuen Hinweis machte sich Thomas auf den Weg zum Ausgrabungsort. Dort traf er auf den besagten Kollegen, Dr. Ramirez. „Dr. Ramirez, ich habe gehört, dass Sie und das Opfer einige Meinungsverschiedenheiten hatten?"

Dr. Ramirez schien nervös. „Ja, wir hatten einen kleinen Streit, aber nichts Ernstes. Es war wegen unserer Arbeit."

Thomas musterte ihn. „Haben Sie von seiner großen Entdeckung gehört?"

Ramirez nickte. „Ja, aber er hat mir nie genau gesagt, was es war."

Während Thomas mit Ramirez sprach, bemerkte er ein Stück zerbrochenen Keramik auf dem Boden. Es war am Tatort des Streits. Er hob es auf und sah darunter eine Falltür.

Carlos trat näher. „Das haben wir noch nicht gesehen." Gemeinsam öffneten sie die Falltür und entdeckten eine geheime Kammer.

Die Kammer war dunkel und kühl. An den Wänden waren seltsame Symbole und Zeichen eingraviert. Thomas zog ein Notizbuch heraus und begann, die Symbole zu skizzieren.

Plötzlich trat ein alter Mann in traditioneller Kleidung in die Kammer. Er stellte sich als Schamane des nahegelegenen Dorfes vor.

„Sie sollten vorsichtig sein", warnte er Thomas. „Diese Symbole sprechen von einem alten Inka-Ritual."

Thomas sah den Schamanen interessiert an. „Ein Ritual? Wofür?"

Der Schamane antwortete: „Um den Fluch abzuwehren. Ein Fluch, der über diesen Ort liegt."

Thomas war skeptisch, aber er beschloss, den Schamanen auszuhören. „Wie funktioniert dieses Ritual?"

Der Schamane erklärte, dass man bestimmte Zutaten und Gebete benötige. Es sollte in der Kammer, bei Vollmond, durchgeführt werden.

Thomas überlegte. „Ich bin nicht abergläubisch, aber wenn dieses Ritual uns Hinweise auf den Mörder geben kann, bin ich bereit, es zu versuchen."

Der Schamane nickte zustimmend. „Es wird nicht einfach sein, Señor Berger. Aber wenn es erfolgreich ist, könnten Sie die Antworten finden, die Sie suchen."

Thomas sah zu Carlos. „Wir sollten uns auf das Ritual vorbereiten."

Carlos zögerte. „Ich weiß nicht, Señor Berger. Es klingt gefährlich."

Thomas lächelte. „Ich habe in meiner Karriere schon viele Gefahren überstanden. Das hier wird nicht anders sein."

Mit Entschlossenheit in den Augen begannen Thomas, Carlos und der Schamane, sich auf das Ritual vorzubereiten. Sie wussten nicht, was sie erwartete, aber sie waren fest entschlossen, den Mord aufzuklären und das Rätsel der geheimen Kammer zu lösen.

abzuwehren - to fend off, to ward off

Antworten - answers

Auskunft - information

besagten - aforementioned, said

durchblättern - to leaf through, to skim

Entdeckung - discovery

entschlossen - determined, resolute

erfolgreich - successful

Gebete - prayers

gefährlich - dangerous

Gefahren - dangers

geheimen - secret

Kammer - chamber, room

Karriere - career

Keramik - ceramics

Kollege - colleague

Meinungsverschiedenheiten - disagreements

nahegelegenen - nearby

Schamane - shaman

skizzieren - to sketch, to outline

Streit - argument, dispute

Tatort - crime scene

traditioneller Kleidung - traditional clothing

vorbereiten - to prepare

Zutaten - ingredients

3. Das Ritual

Am nächsten Morgen begann Thomas früh mit den Vorbereitungen für das Ritual. Er hatte eine Liste von Gegenständen, die der Schamane ihm gegeben hatte. Er brauchte Kerzen, Kräuter, ein spezielles Öl und einige andere Dinge, die in der Umgebung zu finden waren.

Carlos begleitete ihn auf seiner Suche. „Glauben Sie wirklich, dass dieses Ritual funktionieren wird?", fragte Carlos skeptisch.

Thomas lächelte. „Ich weiß es nicht. Aber es ist einen Versuch wert. Wenn es uns näher an die Lösung des Falles bringt, warum nicht?"

Nachdem sie alles gesammelt hatten, trafen sie den Schamanen in der geheimen Kammer. „Sind Sie bereit?", fragte der Schamane.

Thomas nickte. „Ja, ich bin es."

Der Schamane begann, die Gegenstände um einen Kreis zu platzieren und murmelte dabei Gebete in einer alten Sprache. Als alles vorbereitet war, bat er Thomas, in den Kreis zu treten.

Das Ritual begann. Der Schamane sang und tanzte, während er die Kräuter in ein Feuer warf, das in der Mitte des Kreises brannte. Der Rauch füllte die Kammer, und Thomas fühlte, wie er in einen tranceähnlichen Zustand versetzt wurde.

Plötzlich fand er sich in der Vergangenheit wieder. Er befand sich in der Inka-Stätte, aber es war anders. Es war lebendig und voller Menschen. Thomas beobachtete, wie der ermordete Archäologe aufgeregt mit einem Kollegen sprach. Aber dann bemerkte er etwas Seltsames. Der Kollege trug ein besonderes Amulett um den Hals. Es war einzigartig und schien von großer Bedeutung zu sein.

Thomas versuchte, näher zu kommen, um besser hören zu können, aber dann passierte etwas Schockierendes. Er sah, wie der Kollege ein Messer zog und den Archäologen ermordete. Thomas wollte schreien, konnte aber nicht. Alles um ihn herum begann sich zu drehen, und er fühlte sich ohnmächtig.

Mit einem Ruck wachte Thomas wieder in der Kammer auf. Er atmete schwer und versuchte, sich zu orientieren.

Carlos und der Schamane standen besorgt um ihn herum. „Geht es Ihnen gut?", fragte Carlos.

Thomas nickte langsam. „Ja, es war nur... sehr real."

Er erzählte ihnen von seiner Vision und dem Amulett, das er gesehen hatte. „Wir müssen dieses Amulett finden. Es könnte der Schlüssel zur Lösung des Falles sein."

Die nächsten Tage verbrachten sie mit der Suche nach dem Amulett und dem Mann, der es trug. Schließlich, nach vielen Befragungen und Recherchen, fanden sie einen Verdächtigen. Er wurde festgenommen, hatte aber ein Alibi für die Zeit des Mordes.

Thomas war frustriert. „Wir sind so nah dran, ich kann es fühlen."

Später an diesem Abend, als er in seinem Hotelzimmer war, erhielt er einen anonymen Anruf. Eine verzerrte Stimme sagte: „Sie suchen nach dem Amulett? Kommen Sie morgen Abend zum Markt. Alleine."

Thomas war überrascht, aber auch hoffnungsvoll. „Wer sind Sie?"

Die Stimme antwortete nicht und legte auf. Thomas wusste, dass dies seine Chance war, den Fall zu lösen. Er würde zum Markt gehen und hoffte, endlich Antworten zu finden.

anonymen - anonymous

aufgeregt - excited

befinden - to be located, to find oneself

besonders - special, particularly

Befragungen - interviews, interrogations

dabei - thereby, while doing so

drehen - to turn, spin

ermordete - murdered (past tense of the verb)

Gebete - prayers

Gegenstände - objects, items

gesammelt - collected

hoffnungsvoll - hopeful

Kammer - chamber

Kollege - colleague

Kreis - circle

Kräuter - herbs

Markt - market

murmeln - to murmur, mumble

ohnmächtig - faint, unconscious

Recherchen - research, investigations

Schamane - shaman

Schockierendes - shocking

tranceähnlichen - trance-like

verzerrte - distorted

Vision - vision

4. Die Falle

Am nächsten Abend, als die Sonne unterging und die Straßen von Cusco in ein sanftes oranges Licht tauchten, machte sich Thomas auf den Weg zum verlassenen Haus, das ihm in dem anonymen Tipp genannt worden war. Es befand sich in einem alten Teil der Stadt, wo die Straßen schmal und die Häuser eng beieinanderstanden.

Mit jeder Ecke, die er umging, wuchs seine Anspannung. Als er das Haus erreichte, war es fast dunkel. Er zögerte einen Moment, atmete tief durch und betrat das Gebäude.

Das Haus war still und roch nach altem Holz und Staub. Mit einer Taschenlampe beleuchtete Thomas die Räume und fand schnell Beweise. Fotos vom ermordeten Archäologen, Notizen über die Inka-Stätte und ein identisches Amulett, wie er es in seiner Vision gesehen hatte.

Doch am schockierendsten war ein Foto, das Thomas von einer Person zeigte, die er gut kannte: Carlos, der Polizeichef.

Er konnte es nicht glauben. Hatte Carlos etwas mit dem Mord zu tun? Oder war er auch nur ein Opfer in diesem gefährlichen Spiel?

Thomas beschloss, eine Falle zu stellen. Er legte das Amulett in der Mitte des Raumes ab und versteckte sich im Schatten, um zu warten.

Es dauerte nicht lange, bis die Tür langsam aufging und eine Gestalt ins Zimmer trat. Es war Carlos.

Thomas trat aus dem Schatten hervor. „Carlos! Warum?"

Carlos schaute erschrocken auf. „Thomas! Ich kann erklären..."

Doch bevor er weiterreden konnte, stürmte Thomas auf ihn zu und es kam zu einer Konfrontation. Die beiden Männer rangen miteinander, aber Thomas, mit seiner Detektivausbildung, hatte den Vorteil und konnte Carlos überwältigen.

„Ausgerechnet du, Carlos?", keuchte Thomas, während er ihm Handschellen anlegte.

Carlos senkte den Kopf. „Es tut mir leid, Thomas. Aber ich musste es tun."

Thomas blickte ihn wütend an. „Warum? Wegen des Geldes? Wegen der Entdeckung?"

Carlos schluckte. „Die Entdeckung des Archäologen hätte alles verändert. Ich wollte sie für mich beanspruchen. Sie wäre wertvoll gewesen."

Thomas schüttelte den Kopf. „Und dafür hast du einen Mann getötet?"

Carlos nickte traurig. „Ja. Es war ein Fehler."

Thomas führte Carlos aus dem Haus und übergab ihn der Polizei. Es war ein bitterer Sieg, denn er hatte einen Freund verloren. Doch er wusste, dass die Gerechtigkeit siegen musste.

Als er in der Dunkelheit der Nacht zurück in sein Hotel ging, dachte er an den Fall und an all die Wendungen, die er genommen hatte. Er hatte den Mörder gefasst, aber der Preis war hoch gewesen. Er hoffte nur, dass er in Zukunft solche Tragödien verhindern könnte.

anlegen - to put on, apply (in this context, referring to handcuffs)

Anspannung - tension, suspense

atmete - breathed

beleuchtete - illuminated

beanspruchen - to claim, assert

betrat - entered

Dunkelheit - darkness

Ecke - corner

ermordeten - murdered (referring to the archaeologist)

erschrocken - startled, shocked

Fotos - photos

Gestalt - figure, silhouette

Haus - house

keuchte - gasped

Konfrontation - confrontation

Notizen - notes

orangenes Licht - orange light

ranngen - wrestled

roch - smelled

Schatten - shadow

schluckte - swallowed

stürmte - stormed

Taschenlampe - flashlight

Tür - door

übergab - handed over

überwältigen - to overpower

verhindern - to prevent

versteckte - hid

Wendungen - twists, turns

wertvoll - valuable

wütend - angry

5. Das Ende des Fluchs

Einige Wochen nach der Festnahme von Carlos wurde die Inka-Stätte feierlich wiedereröffnet. Die Menschen kamen in Scharen, um diesen historischen Ort zu besuchen. Überall hörte man das Flüstern und Staunen der Besucher. Die tragischen Ereignisse, die hier stattgefunden hatten, waren zwar noch in aller Munde, doch die Bewunderung für die Kultur der Inka überwog.

Thomas wurde bei der Eröffnungszeremonie als Held gefeiert. Die Menschen klatschten Beifall, als er die Bühne betrat. Doch er blieb bescheiden. „Ich habe nur meine Arbeit gemacht", sagte er.

Nach der Zeremonie kam Dr. Morales, der Historiker, auf ihn zu. „Señor Berger, Sie sind wirklich ein bemerkenswerter Detektiv. Wir sind Ihnen sehr dankbar."

Thomas lächelte. „Danke, Dr. Morales. Aber ich habe auch viel von Ihnen und Ihrer Kultur gelernt."

Er entschied sich, noch einige Wochen in Peru zu bleiben. Er besuchte Museen, sprach mit Historikern und lernte mehr über die Inka-Kultur. Je mehr er erfuhr, desto mehr verstand er, dass es nicht immer um Mord und Rätsel ging. Es ging auch darum, die Vergangenheit zu verstehen und zu respektieren.

Eines Tages, während er durch die Straßen von Cusco schlenderte, traf er den Schamanen wieder. „Señor Berger", rief der Schamane, „ich habe gehofft, Sie wiederzusehen."

Thomas lächelte. „Es ist gut, Sie zu sehen, alter Freund."

Sie setzten sich auf eine Bank und plauderten. Thomas erzählte von seinen Erlebnissen und dem, was er gelernt hatte. Der Schamane hörte aufmerksam zu und nickte zustimmend.

„Sie haben viel gelernt, Señor Berger. Ich bin stolz auf Sie."

Thomas sah ihn überrascht an. „Warum das?"

Der Schamane lächelte. „Weil Sie nicht nur einen Mörder gefasst haben. Sie haben auch unsere Kultur kennengelernt und respektiert."

Als Zeichen seiner Dankbarkeit gab der Schamane Thomas ein kleines Geschenk: ein Amulett, ähnlich dem, das Carlos getragen hatte.

„Dieses Amulett wird Sie beschützen", sagte der Schamane. „Es wird Sie immer an Peru und seine Menschen erinnern."

Thomas war gerührt. „Danke, alter Freund. Ich werde es immer bei mir tragen."

Einige Tage später bestieg Thomas ein Flugzeug nach Deutschland. Er blickte aus dem Fenster und sah die Anden in der Ferne. Er dachte an all die Abenteuer, die er erlebt hatte, und an die Menschen, die er getroffen hatte.

Während der Flugzeug aufstieg, spürte er das Gewicht des Amuletts um seinen Hals. Es war eine ständige Erinnerung an das, was er gelernt hatte.

Er wusste, dass er zurückkehren würde. Aber jetzt hatte er eine Mission: die Welt über die wahre Bedeutung von Kultur und Geschichte zu informieren. Es ging nicht nur darum, Rätsel zu lösen. Es ging darum, die Vergangenheit zu verstehen und zu respektieren.

aufstieg - ascended, rose up

Bank - bench

Bemerkenswerter - remarkable

bescheiden - modest

Beifall - applause

beschützen - to protect

besuchte - visited

Erinnerung - reminder, memory

Eröffnungszeremonie - opening ceremony

feierlich - ceremonial, festive

Flugzeug - airplane

gefeiert - celebrated

kennengelernt - got to know

plauderten - chatted

respektieren - to respect

schlenderte - strolled

überrascht - surprised

Vergangenheit - past, history

wiedereröffnet - reopened

wiederzusehen - to see again

zustimmend - approvingly

Das verschwundene Gemälde

1. Der geheimnisvolle Fall

In der beschaulichen Kleinstadt Mühltal, umgeben von grünen Hügeln und malerischen Häusern, geschah eines Tages ein rätselhafter Diebstahl, der die Gemeinschaft in Aufregung versetzte. Das örtliche Museum, stolzer Hüter einer Sammlung wertvoller Kunstwerke, meldete das Verschwinden eines der kostbarsten Gemälde: „Die verlorene Perle". Das Gemälde, das für seine Schönheit und historische Bedeutung bekannt war, war plötzlich aus seinem Platz verschwunden, und niemand konnte erklären, wie es geschehen war.

Die örtliche Polizei, unter der Leitung von Inspektor Müller, war ratlos und benötigte dringend Unterstützung, um das Rätsel des Diebstahls zu lösen. In ihrer Verzweiflung wandten sie sich an die erfahrene Privatdetektivin Laura Müller, die für ihren scharfen Verstand und ihre Fähigkeiten im Aufdecken von Geheimnissen bekannt war.

Laura übernahm den Fall und begann ihre Ermittlungen, indem sie das Museumspersonal und Zeugen des Diebstahls befragte. Alle, die sich zur fraglichen Zeit im Museum aufgehalten hatten, schienen glaubhafte Alibis zu haben. Dennoch spürte Laura, dass etwas nicht stimmte. Die Atmosphäre im Museum war gespenstisch, als wäre das Gemälde nicht einfach gestohlen worden, sondern als wäre es spurlos verschwunden.

Während ihrer akribischen Nachforschungen entdeckte Laura jedoch Hinweise auf mysteriöse Symbole, die in der Nähe des Tatorts aufgetaucht waren. Sie waren in Staub und Spinnweben versteckt, aber Laura hatte einen scharfen Blick für Details und erkannte, dass diese Symbole von Bedeutung sein könnten.

Mit jedem weiteren Tag wurde der Fall noch mysteriöser, und Laura fand sich in einem undurchsichtigen Netz von Geheimnissen und Verdächtigen gefangen. Doch sie ließ sich nicht entmutigen und war entschlossen, den Dieb zu finden und das gestohlene Gemälde „Die verlorene Perle" wiederzubeschaffen.

Eines Tages, als sie gerade wieder in ihren Notizen vertieft war und versuchte, die Bedeutung der Symbole zu entschlüsseln, erhielt sie einen anonymen Brief. Der Brief enthielt weitere Hinweise zum Fall und war mit einem mysteriösen Siegel versehen. Laura war neugierig und zugleich misstrauisch gegenüber diesem unbekannten Absender.

Sie öffnete den Brief und las die Nachricht, die darin stand. Es war eine Einladung zu einem geheimen Treffen an einem abgelegenen Ort in der Nähe der Stadt. Der Absender versprach, ihr mehr Informationen über den Diebstahl des Gemäldes zu geben, vorausgesetzt, sie würde allein und ohne Polizei erscheinen.

Die Nachricht war knapp und rätselhaft, aber Laura spürte, dass sie keine andere Wahl hatte, als der Einladung zu folgen. Sie musste den Fall lösen und das gestohlene Gemälde wiederfinden. Und so begann ein neues Kapitel in diesem geheimnisvollen Fall, als Laura sich auf den Weg zum geheimen Treffen machte, voller Erwartung und Spannung darüber, was sie dort erwarten würde.

abgelegenen - remote, secluded

akribischen - meticulous

atmosphäre - atmosphere

aufdecken - to uncover

Aufregung - excitement, agitation

beschaulichen - contemplative, tranquil

erfahrene - experienced

erwartung - expectation

geheimnisvolle - mysterious

gespenstisch - ghostly, eerie

Hügeln - hills

Hüter - guardian, keeper

Inspektor - inspector

Kunstwerke - artworks

malerischen - picturesque

Mühltal - (a fictional place name, in this context) "Mill Valley"

mysteriöser - more mysterious

Privatdetektivin - private detective (female)

rätselhafter - puzzling, enigmatic

rätselhaft - enigmatic, puzzling

spurlos - without a trace

undurchsichtigen - opaque, murky

verlorene - lost

verschwinden - to disappear

vertieft - engrossed, immersed

Zeugen - witnesses

2. Die Spur der Symbole

Nachdem Laura den anonymen Brief erhalten hatte, folgte sie den darin enthaltenen Hinweisen und gelangte zu einer alten Bibliothek, die abseits der belebten Straßen von Mühltal lag. Die Bibliothek war ein stiller Ort voller verstaubter Bücher und geheimnisvoller Ecken.

Dort begann Laura, das Buch über antike Symbole und ihre Bedeutung zu durchsuchen. Die Symbole, die sie am Tatort des Diebstahls entdeckt hatte, hatten eine Verbindung zu einer geheimnisvollen Legende, die in der Geschichte der Stadt Mühltal tief verwurzelt war. Die Legende erzählte von einem verborgenen Schatz, der angeblich von Generation zu Generation weitergegeben wurde, aber nie gefunden worden war.

Laura vermutete, dass das gestohlene Gemälde „Die verlorene Perle" einen Hinweis auf diesen verborgenen Schatz enthielt und dass der Dieb auf der Suche nach ihm war. Um den Dieb zu verstehen und den Schatz zu finden, begann Laura, die Legende und die Symbole zu entschlüsseln.

Sie verbrachte stundenlang in der Bibliothek, vertieft in ihre Recherchen, und fand schließlich eine alte Schrift, die die Bedeutung der Symbole erklärte. Die Symbole repräsentierten verschiedene Elemente der Legende, darunter einen geheimen Tempel und einen magischen Schlüssel.

Während ihrer Recherchen stieß Laura auf den Namen eines Antiquitätensammlers namens Herr Schmidt, der für sein Wissen über die Geschichte der Stadt und ihre Legenden bekannt war. Sie beschloss, ihn aufzusuchen und hoffte, dass er weitere Informationen über den Schatz und den Dieb haben könnte.

Als Laura Herrn Schmidt in seinem Antiquitätengeschäft aufsuchte, erzählte er ihr von einem alten Tagebuch, das er vor vielen Jahren erworben hatte. Das Tagebuch gehörte angeblich einem der früheren Bewohner von Mühltal, der sich jahrelang mit der Suche nach dem verborgenen Schatz beschäftigt hatte. Herr Schmidt war überzeugt, dass das Tagebuch wertvolle Hinweise auf den Schatz enthielt.

Laura war begeistert und bat Herrn Schmidt, das Tagebuch zu sehen. Doch bevor sie mehr erfahren konnte, wurde das Tagebuch gestohlen. Ein unbekannter Täter hatte sich Zugang zu Herrn Schmidts Geschäft verschafft und das wertvolle Tagebuch entwendet.

Laura stand nun vor einem Wettlauf gegen die Zeit. Sie hatte bereits wertvolle Hinweise gefunden und war fest entschlossen, den Dieb zu schnappen und den Schatz zu finden, bevor es zu spät war. Die Uhr tickte, und sie wusste, dass sie keine Zeit zu verlieren hatte.

Während sie weiterhin an dem Fall arbeitete und nach Spuren des Diebes suchte, ahnte Laura nicht, dass sie von jemandem beobachtet wurde. Jemand, der ein eigenes Interesse an dem gestohlenen Gemälde und dem verborgenen Schatz hatte, beobachtete jeden ihrer Schritte und schien immer einen Schritt voraus zu sein. Die Spannung stieg, und Laura war sich bewusst, dass sie in diesem gefährlichen Katz-und-Maus-Spiel nicht aufgeben durfte.

Antiquitätengeschäft - antique shop

Antiquitätensammlers - antique collector

begeistert - excited, thrilled

belebten - busy, bustling

Bibliothek - library

darin enthaltenen - contained therein

entwendet - purloined, stolen

gefährlichen - dangerous

geheimnisvoller - mysterious

Katz-und-Maus-Spiel - cat-and-mouse game

Legende - legend

Recherchen - research, investigations

Schatz - treasure

Schrift - script, writing

Symbole - symbols

Täter - culprit, perpetrator

Tempel - temple

verbindung - connection, link

verstaubter - dusty

Wettlauf - race, competition

Zugang - access

3. Das Geheimnis des Tagebuchs

Laura war fest entschlossen, das gestohlene Tagebuch zurückzuerlangen. Es war ein entscheidendes Element in ihrer Suche nach dem gestohlenen Gemälde „Die verlorene Perle" und dem verborgenen Schatz, den der Dieb zu suchen schien. Der Dieb und das Tagebuch waren Schlüsselstücke in diesem rätselhaften Puzzle, das Laura unbedingt lösen wollte.

Die Spur des gestohlenen Tagebuchs führte sie zu einem geheimen Treffpunkt, den die unbekannte Gruppe in ihrem anonymen Brief erwähnt hatte. Laura war gespannt und auch ein wenig misstrauisch, als sie den Ort erreichte. Sie wusste nicht, was sie erwarten würde, als sie in die Dunkelheit des Waldes trat, begleitet nur von ihrem scharfen Verstand und ihrer Entschlossenheit.

Dort traf sie auf eine mysteriöse Gruppe von Schatzsuchern, die sich um ein Lagerfeuer versammelt hatten. Die Mitglieder der Gruppe hatten den Anschein, als hätten sie viele Jahre Erfahrung in der Schatzsuche und seien auf der Suche nach einem ganz besonderen Schatz, der mit der alten Legende von Mühltal in Verbindung stand.

Die Gruppe behauptete, das gestohlene Tagebuch gefunden zu haben und war bereit, es zurückzugeben. Doch sie hatten Bedingungen. Sie verlangten im Gegenzug Lauras Hilfe bei der Suche nach dem Schatz, von dem sie glaubten, dass er in der Nähe versteckt war. Die Gruppe war überzeugt, dass das Tagebuch wichtige Hinweise auf den Schatz enthielt, den sie seit Jahren erfolglos gesucht hatten.

Laura stimmte schließlich zu, mit der Gruppe zusammenzuarbeiten, da sie wusste, dass dies ihre beste Chance war, das Tagebuch zurückzubekommen und mehr über den Dieb und den Schatz herauszufinden. Gemeinsam begaben sie sich auf eine Reise zu einem abgelegenen Ort, den die Symbole und Hinweise im Tagebuch zu zeigen schienen.

Dort angekommen, begannen sie, die Umgebung zu erkunden und nach Hinweisen zu suchen. Die Landschaft war wild und schön, von dichten Wäldern und malerischen Flüssen geprägt. Es schien, als seien sie auf der richtigen Spur, und die Spannung stieg, je näher sie dem Ziel kamen.

Während ihrer Reise begann Laura mehr über die Geschichte des gestohlenen Gemäldes und des verborgenen Schatzes zu erfahren. Die Legende von Mühltal war eng mit der Stadtgeschichte verwoben, und der Schatz wurde seit Generationen von Einwohnern gesucht. Es hieß, dass der Schatz nicht nur von großem Wert, sondern auch von historischer Bedeutung für die Stadt war.

Doch die Mitglieder der Gruppe hatten ihre eigenen Geheimnisse und Motive. Einige schienen persönliche Gründe für die Schatzsuche zu haben, während andere von der Aussicht auf Reichtum und Ruhm angezogen wurden. Laura war sich bewusst, dass sie vorsichtig sein musste und niemandem voreilig ihr Vertrauen schenken durfte.

Die Spannung in der Gruppe wuchs, als sie immer tiefer in die Wildnis vordrangen und sich den möglichen Verstecken des Schatzes näherten. Jeder Schritt, den sie unternahmen, brachte sie dem Ziel näher und enthüllte gleichzeitig neue Rätsel und Herausforderungen.

Während die Tage vergingen und die Nächte kälter wurden, entwickelte sich zwischen Laura und den Schatzsuchern eine merkwürdige Dynamik. Misstrauen und Neugier mischten sich, während sie gemeinsam auf der Suche nach Antworten und dem gestohlenen Tagebuch voranschritten.

angezogen - attracted, drawn

bedingungen - conditions, terms

besonderen - special, particular

Dynamik - dynamics

entfernen - to remove

erwähnt - mentioned, referred to

erwarten - to expect

geprägt - shaped, characterized

gestohlene - stolen

Herausforderungen - challenges

Lagerfeuer - campfire

misstrauisch - suspicious, mistrustful

Motive - motives

Neugier - curiosity

Ruhm - fame

Treffpunkt - meeting point

umgebung - surroundings, environment

verwoben - intertwined, interwoven

vordrangen - advanced, pushed forward

Wildnis - wilderness

zurückzuerlangen - to reclaim, to retrieve

4. Das Vermächtnis der Legende

Die Gruppe von Laura und den Schatzsuchern näherte sich langsam einem abgelegenen Ort, der in den Aufzeichnungen des gestohlenen Tagebuchs als der mögliche Standort des verborgenen Schatzes beschrieben wurde. Ein dichter Wald umgab sie, und die Spannung in der Gruppe war förmlich spürbar, während sie dem Ziel immer näher kamen.

Schließlich erreichten sie einen alten Tempel, der in den Jahrhunderten überwachsen und vergessen worden war. Der Tempel war einst ein Ort des Gebets und der Anbetung, aber nun war er von Rätseln und Fallen gespickt, die die Gruppe überwinden musste, um zum innersten Raum zu gelangen, wo der Schatz vermutet wurde.

Laura, die Schatzsucher und Laura standen vor einer Herausforderung, wie sie sie noch nie zuvor erlebt hatten. Sie mussten Rätsel lösen, geheime Türen öffnen und den Fallen ausweichen, die von den uralten Bewachern des Tempels errichtet worden waren.

Während sie den Tempel erkundeten, begannen sie, die wahre Geschichte der Legende zu enthüllen. Es stellte sich heraus, dass der Schatz nicht nur von großem Wert war, sondern auch mit einer tragischen Geschichte verbunden war. Vor vielen Generationen hatte eine Familie aus Mühltal den Schatz gehütet und war bereit, ihn der Stadt zu überlassen, wenn die Zeit gekommen war. Doch in der Vergangenheit hatte es einen Streit gegeben, der zur Zerstörung des Gemäldes „Die verlorene Perle" geführt hatte, und der Schatz war verschwunden.

Der Dieb, der das Gemälde gestohlen hatte, tat dies nicht aus reiner Gier, sondern um das Vermächtnis seiner Familie wiederherzustellen und die Fehler der Vergangenheit zu korrigieren. Dieses überraschende Geständnis berührte Laura und die Schatzsucher, und sie begannen, die Situation aus einem neuen Blickwinkel zu betrachten.

Die Gruppe kämpfte sich durch die verschlungenen Gänge und Rätsel des Tempels und gelangte schließlich in den innersten Raum, wo der Schatz vermutet wurde. Doch sie waren nicht allein. Der Dieb hatte sie eingeholt und forderte sein Recht auf den Schatz ein.

Ein dramatischer Konflikt entfaltete sich zwischen Laura, den Schatzsuchern und dem Dieb. Jede Partei hatte ihre eigenen Beweggründe und Ansprüche auf den Schatz, und die Spannung erreichte ihren Höhepunkt.

In einem unerwarteten Moment enthüllte der Schatz selbst ein Geheimnis, das niemand erwartet hatte. Es war keine Ansammlung von Gold und Juwelen, sondern ein kostbares historisches Artefakt, das die Geschichte von Mühltal und seiner Bewohner erzählte. Der Schatz war ein Vermächtnis, das nicht nur finanziellen Wert hatte, sondern auch eine tiefe emotionale Bedeutung für die Stadt und ihre Menschen.

Das Finale des Falls stand bevor, als Laura und die anderen vor einer wichtigen Entscheidung standen. Sie mussten wählen, wie sie mit dem Schatz umgehen würden, der nicht nur die Zukunft des Diebes, sondern auch das Vermächtnis der Stadt beeinflussen würde.

Die Geschichte näherte sich ihrem Höhepunkt, und Laura musste eine schwierige Entscheidung treffen, die das Schicksal des Schatzes und aller Beteiligten beeinflussen würde. Ihr scharfer Verstand und ihre Entschlossenheit wurden auf die Probe gestellt, während sie nach einer Lösung suchte, die das Vermächtnis der Legende von Mühltal bewahren und gleichzeitig Gerechtigkeit walten lassen würde.

nbetung - worship

Ansammlung - accumulation, collection

Artefakt - artifact

Aufzeichnungen - records, notes

Beeinflussen - influence, affect

Bewachern - guards, watchers

Beweggründe - motives, reasons

Betrachten - to consider, to regard

Blickwinkel - perspective, viewpoint

Boteiligten - participants, involved parties

Enthüllte - revealed, unveiled

entfaltete - unfolded, developed

Fallen - traps

Gänge - corridors, passages

Geständnis - confession, admission

Gier - greed

Höhepunkt - climax, peak

Innersten - innermost, core

überlassen - leave, hand over

unerwarteten - unexpected

verschlungenen - winding, meandering

wiederherzustellen - to restore, to reconstruct

5. Der Fall ist gelöst

Das Finale des Falls war gekommen, und Laura und die Gruppe standen vor einer schwierigen Entscheidung. Der Schatz, den sie im innersten Raum des Tempels gefunden hatten, erwies sich als bedeutender für die Geschichte der Stadt Mühltal, als sie es sich je vorgestellt hatten. Es war kein einfacher Schatz aus Gold und Juwelen, sondern ein kostbares historisches Artefakt, das die Geschichte und das Vermächtnis der Stadt repräsentierte.

Der Dieb, der das Gemälde „Die verlorene Perle" gestohlen hatte, hatte sich von einem noblen Motiv leiten lassen. Er wollte das Vermächtnis seiner Familie wiederherstellen und die Fehler der Vergangenheit korrigieren. Sein Diebstahl hatte nicht nur den Schatz selbst, sondern auch die Geschichte der Stadt wieder ans Tageslicht gebracht.

Laura, die eine wichtige Rolle in diesem Konflikt spielte, vermittelte zwischen den Parteien und suchte nach einer friedlichen Lösung. Sie erkannte, dass der Schatz zu wertvoll war, um verborgen zu bleiben, und dass die Stadt und ihre Bewohner ein Recht darauf hatten, ihre Geschichte zu erfahren. Gleichzeitig verstand sie die Motive des Diebes und war bereit, ihm eine Chance zur Versöhnung zu geben.

Die Stadt Mühltal entschied schließlich, den Schatz auszustellen und seine Geschichte mit der Welt zu teilen. Der Schatz wurde in einem örtlichen Museum ausgestellt, und die Bewohner von Mühltal waren berührt von der Geschichte und dem Vermächtnis, das er repräsentierte.

Der Dieb wurde nicht angeklagt, sondern trat in den Dienst der Stadt, um das Vermächtnis seiner Familie zu ehren. Er half bei der Pflege des Museums und bei Bildungsprogrammen für die Jugend, um sicherzustellen, dass die Geschichte von Mühltal und ihrer Legende lebendig blieb.

Laura hatte den Fall gelöst und die Geheimnisse der Symbole und der Legende enthüllt. Sie hatte nicht nur den Dieb zur Vernunft gebracht, sondern auch dazu beigetragen, das Vermächtnis der Stadt zu bewahren. Als sie die Stadt verließ, wusste sie, dass die Welt voller Geheimnisse war, und dass sie bereit war, sich neuen Fällen und Abenteuern zu stellen.

Die Zukunft hielt für Laura neue Herausforderungen bereit, und sie war fest entschlossen, jedem Geheimnis auf den Grund zu gehen, das ihr begegnen würde. Denn als Privatdetektivin mit einem scharfen Verstand und einer Leidenschaft für Rätsel wusste sie, dass es immer Fälle gab, die gelöst werden mussten, und Abenteuer, die auf sie warteten.

Mit diesen Gedanken verließ Laura die Stadt Mühltal und begab sich auf neue Abenteuer, bereit, die Geheimnisse der Welt zu erkunden und Gerechtigkeit zu bringen, wo immer sie gebraucht wurde. Denn für Laura gab es keine unlösbaren Rätsel und keine unentdeckten Geheimnisse - es gab nur Fälle, die auf ihre Lösung warteten, und eine Welt, die es zu erkunden galt.

Angeklagt - charged, accused

Ausstellen - to exhibit, display

Begegnen - to encounter, meet

Berührt - touched, moved

Bildungsprogrammen - educational programs

Erfahren - to learn, experience

Gekommen - come, arrived

Herausforderungen - challenges

Leidenschaft - passion

Leiten - to guide, lead

Noblen - noble

Recht - right, law

Tageslicht - daylight

Unentdeckten - undiscovered

Unlösbaren - unsolvable

Vermitteln - to mediate, convey

Versöhnung - reconciliation

Vernunft - reason, sanity

Das Gemälde von Nymphenburg

1. Der schockierende Diebstahl

Schloss Nymphenburg, eines der bekanntesten Wahrzeichen Münchens, war stets ein Ort der Ruhe und Schönheit. In den letzten Wochen war jedoch eine besondere Aufregung zu spüren. Das Schloss hatte ein neues, sehr wertvolles Gemälde erworben, das Touristen aus aller Welt anzog.

Eines Morgens betrat Herr Fischer, ein langjähriger Mitarbeiter des Schlosses, den Ausstellungsraum und blieb wie angewurzelt stehen. Wo das Gemälde hängen sollte, war nur noch ein leerer Rahmen.

„Das kann nicht wahr sein," murmelte er und rannte zum Büro des Direktors.

Der Direktor, Herr Braun, rief sofort die Polizei. „Es gibt keine Anzeichen für einen Einbruch. Keine zerbrochenen Fenster, keine aufgebrochenen Türen", berichtete er den Beamten.

Währenddessen verbreitete sich die Nachricht vom Diebstahl in den Medien wie ein Lauffeuer. Der Skandal um das verschwundene Gemälde war das Gesprächsthema in ganz München.

Die Polizei wertete die Sicherheitsvideos aus und entdeckte die Aufnahme einer maskierten Person, die nachts den Palast betrat und wieder verließ. Dieses Video wurde sofort im Fernsehen und online veröffentlicht, in der Hoffnung, dass jemand den Täter erkennen könnte.

Detektiv Weber, bekannt für seine scharfe Beobachtungsgabe und sein analytisches Denkvermögen, wurde beauftragt, den Fall zu übernehmen. Er traf am späten Nachmittag im Schloss ein.

„Erzählen Sie mir alles", forderte er den Direktor auf.

Nachdem er alle Details erfahren hatte, wandte er sich an das Palastpersonal: „Hat in den letzten Tagen jemand Verdächtiges bemerkt? Jemand, der sich besonders für das Gemälde interessiert hat oder sich merkwürdig verhalten hat?"

Die Antworten waren zunächst vage, bis eine junge Museumsführerin namens Lena sich zu Wort meldete. „Es gab einen Mann, der das Gemälde sehr lange betrachtet hat. Er schien nicht wie ein typischer Tourist."

Detektiv Weber nickte. „Gut beobachtet. Können Sie diesen Mann beschreiben?"

Lena dachte nach. „Er war groß, hatte dunkles Haar und trug einen Mantel. Mehr kann ich nicht sagen."

Weber machte sich Notizen. „Das ist ein Anfang. Ich werde mich umsehen und vielleicht finde ich weitere Hinweise."

Der Tag neigte sich dem Ende zu, und während die Sonne hinter dem Schloss unterging, begann Detektiv Weber mit seiner Untersuchung. Es würde keine einfache Aufgabe werden, das wusste er. Aber er war entschlossen, das Gemälde zurückzubringen und den Täter zu fassen.

Anfang - beginning, start

Angezogen - drawn, attracted

Angewurzelt - rooted to the spot

Anzeichen - signs, indications

Aufgebrochenen - broken open

Aufregung - excitement, agitation

Ausstellungsraum - exhibition room

Beauftragt - commissioned, assigned

Beobachtungsgabe - power of observation

Betrachtet - observed, viewed

Direktor - director, principal

Einbruch - break-in, burglary

Entscheiden - decided, determined

Erkennen - recognize, identify

Forderte - demanded, requested

Hoffnung - hope, expectation

Lauffeuer - wildfire, rapidly

Mantel - coat

Maskierten - masked

Merkwürdig - strange, odd

Museumsführerin - museum guide

Palast - palace

Palastpersonal - palace staff

Sicherheitsvideos - security videos

Skandal - scandal

Täter - perpetrator, offender

Untersuchung - investigation, examination

Verdächtiges - suspicious

Veröffentlicht - published, released

Verschwundene - vanished, disappeared

Wahrzeichen - landmark

Wertete - evaluated, assessed

2. Die geheimnisvolle Besucherin

Am nächsten Morgen setzte Detektiv Weber seine Ermittlungen fort. Während er die Mitarbeiter interviewte, erinnerte sich einer von ihnen, Herr Wagner, an eine auffällige Besucherin von vor ein paar Tagen. „Sie war sehr elegant gekleidet und stellte viele Fragen über das Gemälde", erzählte er.

„Können Sie sie genauer beschreiben?", fragte Weber.

Herr Wagner nickte. „Ja, sie war groß, hatte blonde Haare und trug eine teure Sonnenbrille. Sie hatte ein besonderes Interesse an dem Gemälde und machte sich viele Notizen."

Detektiv Weber ging zurück zu den Sicherheitsvideos und suchte nach der beschriebenen Frau. Schließlich fand er sie. Sie schien in der Tat sehr interessiert an dem Gemälde zu sein.

Mithilfe der Videos und einigen Online-Recherchen identifizierte Weber die Frau als Frau Fischer, eine bekannte Kunstkennerin aus Berlin.

Ohne Zeit zu verlieren, fuhr Weber zu ihrer Adresse. Er wurde in eine elegante Wohnung geführt, wo Frau Fischer ihn bereits erwartete.

„Detektiv Weber", begrüßte sie ihn mit einem Lächeln. „Ich habe schon erwartet, dass Sie mich besuchen würden."

Weber war überrascht. „Wieso erwarteten Sie mich?"

Frau Fischer lächelte. „Ich habe von dem Diebstahl gehört und dachte, dass man mich vielleicht verdächtigen könnte."

„Haben Sie etwas damit zu tun?", fragte Weber direkt.

Sie schüttelte den Kopf. „Natürlich nicht. Aber ich habe eine Theorie."

Weber hörte gespannt zu. Frau Fischer erklärte: „Das Gemälde hat eine interessante Geschichte. Es könnte jemand sein, der eine alte Rechnung mit dem Palast zu begleichen hat."

Detektiv Weber war neugierig. „Welche Art von alter Rechnung?"

Frau Fischer zögerte einen Moment, dann sagte sie: „Es gibt Gerüchte, dass das Gemälde ursprünglich einer anderen Familie gehörte. Diese Familie hat es dem Palast vor vielen Jahren verkauft. Aber nicht alle Familienmitglieder waren mit dem Verkauf einverstanden. Es könnte jemand sein, der das Gemälde zurückhaben möchte."

Weber machte sich Notizen. „Das ist eine interessante Theorie. Können Sie mir mehr über diese Familie erzählen?"

Sie nickte. „Die Familie von Stein war eine mächtige Familie hier in München. Aber sie hatte auch viele Feinde. Der Verkauf des Gemäldes hat zu einem großen Streit in der Familie geführt. Einige glaubten, es sei verflucht."

Detektiv Weber dankte Frau Fischer für ihre Informationen und machte sich auf den Weg zurück zum Palast. Wenn er den wahren Dieb finden wollte, musste er mehr über die Familie von Stein und ihre Geheimnisse herausfinden.

Auffällige - conspicuous, noticeable

Besucherin - visitor (female)

Blonde Haare - blonde hair

Elegant - elegant

Ermittlungen - investigations

Feinde - enemies

Gekleidet - dressed, clothed

Gemälde - painting

Geheimnisse - secrets

Gerüchte - rumors

Gespannt - eager, intently

Identifizierte - identified

Interviewte - interviewed

Kunstkennerin - art connoisseur (female)

Mitarbeiter - employee, staff member

Mächtige - powerful

Rechnung - bill, account; (in this context) score

Streit - argument, dispute

Teure - expensive

Theorie - theory

Verdächtigen - to suspect

Verflucht - cursed

Verkauf - sale

Wahrzeichen - landmark

Weg - way, path

Zögerte - hesitated

3. Die Familienfehde

Das historische Zentrum von München verbarg viele Geheimnisse, und eines dieser Geheimnisse war die Geschichte des Gemäldes aus Schloss Nymphenburg. Detektiv Weber begab sich zu dem alten Familiensitz der von Steins, ein beeindruckendes Herrenhaus, das Zeugnis von vergangenen Reichtum und Macht ablegte.

Als er ankam, wurde er von einer älteren Dame, Frau von Stein, begrüßt. „Detektiv Weber, ich habe von Ihnen gehört“, sagte sie. „Was führt Sie zu unserem Anwesen?“

Detektiv Weber erklärte ihr den Grund seines Besuchs und fragte nach der Geschichte des Gemäldes. Frau von Stein seufzte. „Das Gemälde war einst unser Familienstolz. Aber vor vielen Jahren haben wir es aus finanziellen Gründen an den Palast verkauft. Nicht alle waren damit einverstanden, besonders mein Bruder Friedrich.“

„Friedrich?“, fragte Detektiv Weber.

„Ja“, antwortete sie. „Er lebte viele Jahre im Ausland, ist aber kürzlich zurückgekehrt. Er war immer noch wütend über den Verkauf des Gemäldes.“

Detektiv Weber fragte nach Friedrichs Aufenthaltsort. Frau von Stein führte ihn zu einem Nebenzimmer, wo ein Mann mittleren Alters saß, der ein Buch las. „Friedrich“, sagte sie, „das ist Detektiv Weber. Er möchte mit dir sprechen.“

Friedrich sah auf und musterte den Detektiv. „Was wollen Sie von mir?“, fragte er kühl.

„Ich untersuche den Diebstahl des Gemäldes aus Schloss Nymphenburg“, erklärte Weber. „Können Sie mir sagen, wo Sie in der Nacht des Diebstahls waren?“

Friedrich lachte. „Ich war in Paris bei einer Kunstauktion. Ich habe viele Zeugen.“

Detektiv Weber nickte. „Das können wir überprüfen. Aber sagen Sie, kennen Sie eine Frau Fischer, die Kunstkennerin?“

Friedrich zögerte einen Moment. „Ja, ich kenne sie. Sie hat mir bei meiner Kunstkollektion geholfen.“

Detektiv Weber machte eine Notiz. „Haben Sie oder Frau Fischer irgendwelche Pläne gemacht, das Gemälde zurückzubekommen?“

Friedrich sah ihn scharf an. „Ich habe das Gemälde nicht gestohlen, wenn Sie das meinen. Aber ich will es zurück.“

Detektiv Weber dachte nach. Es schien, dass Friedrich ein starkes Alibi hatte. Aber die Verbindung zu Frau Fischer war verdächtig. Vielleicht hatten sie gemeinsam gehandelt.

In den folgenden Tagen untersuchte Detektiv Weber die Beziehung zwischen Friedrich und Frau Fischer. Er fand heraus, dass sie mehrmals zusammen gesehen wurden und möglicherweise ein gemeinsames Motiv hatten, das Gemälde zurückzubekommen.

Detektiv Weber beschloss, eine Falle zu stellen. Er verbreitete das Gerücht, dass das Gemälde in einem bestimmten Lagerhaus versteckt sei. Dann beobachtete er das Lagerhaus.

In der Nacht kamen Friedrich und Frau Fischer zum Lagerhaus. Als sie versuchten, einzubrechen, um das vermeintliche Gemälde zu holen, kamen die Polizisten aus ihren Verstecken und nahmen sie fest.

Beide behaupteten ihre Unschuld, aber die Beweise waren erdrückend. Es stellte sich heraus, dass sie zusammen den

Diebstahl geplant hatten, um das Gemälde zurückzubekommen und es dann teuer zu verkaufen.

Dank Detektiv Webers scharfem Instinkt wurde das Gemälde sicher zurückgebracht, und die beiden Schuldigen wurden ihrer gerechten Strafe zugeführt.

Anwesen - estate, property

Auktion - auction

Beeindruckendes - impressive

Beziehung - relationship

Buch - book

Einzubrechen - to break in

Erdrückend - overwhelming

Familienfehde - family feud

Familiensitz - family seat, ancestral home

Falle - trap

Gerücht - rumor

Gerechten Strafe - just punishment

Herrenhaus - manor house

Kunstauktion - art auction

Kunstkollektion - art collection

Lagerhaus - warehouse

Macht - power

Mittleren Alters - middle-aged

Motive - motives

Nebenzimmer - adjoining room, side room

Reichtum - wealth, riches

Rückgebracht - returned, brought back

Schuldige - culprits, guilty parties

Sicher - safely, securely

Verbindung - connection, link

Verbreitete - spread, disseminated

Verkaufen - to sell

Verstecke - hiding places

Wütend - angry

4. Die Falle

Die Straßen von München waren voller Menschen, die sich auf die bevorstehende Kunstauktion freuten. Das Auktionshaus war ein beeindruckendes Gebäude im Herzen der Stadt. Die Nachricht von einem Gemälde, das dem gestohlenen Kunstwerk ähnelte, hatte schnell die Runde gemacht. Detektiv Weber hatte es absichtlich so arrangiert, in der Hoffnung, die Diebe aus der Reserve zu locken.

In einem nahegelegenen Café beobachtete Detektiv Weber das Auktionshaus. Er sah die Kunstkennerin und den Mann aus der alten Münchner Familie, Friedrich von Stein, eintreten.

„Sie sind pünktlich", bemerkte er und nahm einen Schluck Kaffee.

Als die Auktion begann, waren die Augen aller auf das Gemälde gerichtet. Detektiv Weber hatte einige verdeckte Ermittler im Raum, die die beiden Verdächtigen beobachteten.

Die Auktion war in vollem Gange, als das besagte Gemälde vorgestellt wurde. Der Auktionator beschrieb es detailliert und betonte seine Ähnlichkeit mit dem kürzlich gestohlenen Kunstwerk aus Schloss Nymphenburg.

„Beginnen wir bei 50.000 Euro", rief der Auktionator.

Die Gebote stiegen schnell, wobei besonders die Kunstkennerin und Friedrich von Stein auffielen. Beide schienen sehr an dem Gemälde interessiert zu sein.

Nach der Auktion verließ Detektiv Weber das Café und begab sich zum Auktionshaus. Er hatte eine Vorahnung, dass die beiden Verdächtigen versuchen würden, das Gemälde in der Nacht zu stehlen.

Tief in der Nacht, als die Straßen von München still waren, näherten sich zwei dunkle Gestalten dem Auktionshaus. Sie waren vorsichtig und schauten sich immer wieder um.

Detektiv Weber und seine Kollegen versteckten sich in den Schatten und beobachteten jeden ihrer Schritte. Die Kunstkennerin zog einen Dietrich aus ihrer Tasche und begann, das Schloss der Eingangstür zu knacken.

„Jetzt!", flüsterte Detektiv Weber.

Die Polizisten kamen aus ihren Verstecken und stürzten sich auf die beiden Diebe. Sie waren überrascht und konnten nicht entkommen.

„Sie sind festgenommen!", rief einer der Polizisten.

„Das ist ein Missverständnis!", protestierte die Kunstkennerin.

In ihrem Besitz fand man das gestohlene Gemälde von Schloss Nymphenburg. Es war gut versteckt, aber die Polizei hatte es entdeckt.

Am nächsten Tag wurden die Kunstkennerin und Friedrich von Stein verhört. Sie gestanden schließlich, dass sie das Gemälde gestohlen hatten, um es zu verkaufen und den alten Familienreichtum wiederherzustellen.

„Ich dachte, ich könnte die Vergangenheit korrigieren", sagte Friedrich traurig.

Die beiden wurden festgenommen und vor Gericht gestellt. Das gestohlene Gemälde wurde sicher an Schloss Nymphenburg zurückgegeben, und München konnte wieder aufatmen, da die Diebe hinter Gittern waren. Detektiv Weber wurde für seine brillante Ermittlungsarbeit gelobt und das gestohlene Kunstwerk hatte seinen rechtmäßigen Platz im Schloss wieder eingenommen.

Auktionshaus - auction house

Auktionator - auctioneer

Aus der Reserve locken - lure out of hiding/reserve

Begab sich - proceeded, made his way

Bevorstehende - upcoming

Brillante - brilliant

Dietrich - lock pick

Ermittlungsarbeit - investigative work

Familienreichtum - family wealth

Festgenommen - arrested

Flüsterte - whispered

Gebote - bids

Gestanden - confessed

Hinter Gittern - behind bars

Knacken - to crack, pick (a lock)

Missverständnis - misunderstanding

Nächtliche - nocturnal

Nahegelegenen - nearby

Rechtmäßigen Platz - rightful place

Schatten - shadows

Schloss - lock (also castle/palace)

Stürzten sich - pounced, rushed

Verdeckte Ermittler - undercover investigators

Verhört - interrogated

Vor Gericht gestellt - brought to trial, taken to court

Vorahnung - premonition, foreboding

5. Gerechtigkeit

Das Nymphenburg Palast war an diesem Morgen voller Leben. Die Sonne schien hell und der prächtige Palast funkelte in all seiner Pracht. Der Hauptgrund für die Aufregung war jedoch das kürzlich zurückgekehrte Gemälde, das nun wieder an seinem ursprünglichen Platz hing.

Detektiv Weber stand vor dem Kunstwerk und betrachtete es nachdenklich. Sein Handy klingelte. Es war ein Journalist, der ein Interview wollte.

„Detektiv Weber, wie fühlt es sich an, nach so einer aufregenden Jagd das Gemälde zurückzubringen?", fragte der Journalist.

Weber lächelte und antwortete: „Es ist immer befriedigend, wenn Gerechtigkeit herrscht. Aber dieser Fall war besonders knifflig."

Im Gerichtssaal zeigten die Kunstkennerin und das Familienmitglied Reue für ihre Taten. „Ich wollte nur das Beste für meine Familie", flüsterte Friedrich von Stein, das Familienmitglied, mit Tränen in den Augen.

Die Kunstkennerin, Frau Vogel, sagte: „Ich habe einen Fehler gemacht. Ich habe mich von meiner Gier leiten lassen."

Detektiv Weber saß im Hintergrund und hörte zu. Er dachte über die Komplexität des Falles nach. Er verstand, warum sie es getan hatten, aber das rechtfertigte nicht ihre Handlungen.

Einige Tage später besuchte er erneut den Palast. Das Sicherheitspersonal war verdoppelt worden, und es gab zusätzliche Überwachungskameras. Der Direktor des Palastes kam auf ihn zu. „Dank Ihnen ist das Gemälde wieder hier. Wir sind Ihnen sehr dankbar, Detektiv Weber."

„Es war mir eine Ehre, Ihnen zu helfen", erwiderte Weber.

Während der nächsten Wochen strömten Besucher in den Palast, angelockt durch die Geschichte des gestohlenen Gemäldes. Das Gemälde war berühmter denn je.

Detektiv Weber fühlte, dass es Zeit war, eine Pause einzulegen. Er buchte einen Urlaub in den Alpen. Er freute sich auf die Ruhe und die frische Bergluft. Aber gerade als er seine Koffer packte, kam ein Brief.

Er öffnete ihn und las: „Sehr geehrter Detektiv Weber, ich hoffe, dieser Brief erreicht Sie wohlbehalten. Mein Name ist Inspektor Lestrade vom Scotland Yard in London. Wir haben von Ihren beeindruckenden Fähigkeiten als Detektiv gehört. Es gibt einen Fall hier, bei dem wir Ihre Hilfe benötigen. Es handelt sich um ein weiteres gestohlenes Kunstwerk. Bitte kommen Sie so schnell wie möglich."

Weber lächelte. „Nun, die Alpen können warten", murmelte er vor sich hin. Er packte seine Koffer wieder aus und bereitete sich auf ein neues Abenteuer vor. Die Straßen von London riefen, und er war bereit, den Ruf zu beantworten.

Angelockt - lured, attracted

Aufregenden Jagd - exciting chase

Befriedigend - satisfying

Berühmter - more famous

Erneut - again, anew

Flüsterte - whispered

Gerechtigkeit - justice

Gier - greed

Herrscht - prevails

Komplexität - complexity

Knifflig - tricky, intricate

Nachdenklich - thoughtful, reflective

Prächtige - magnificent, splendid

Rechtfertigte - justified

Reue - remorse, regret

Ruf zu beantworten - to answer the call

Ruhe - peace, tranquility

Sicherheitspersonal - security personnel

Strömten - streamed, flowed

Ursprünglichen Platz - original place

Wohlbehalten - safe and sound

Wo ist die Perle?

1. Das Verschwinden

In einer kleinen Stadt namens Rosenthal, die für ihre malerischen Straßen und freundlichen Bewohner bekannt war, geschah eines Tages etwas, das die Ruhe und Harmonie der Gemeinschaft erschütterte. Aus dem örtlichen Museum verschwand eines der wertvollsten Schmuckstücke, das die Stadt je besessen hatte – die „Rosenthaler Perle". Dieses einzigartige Juwel hatte nicht nur einen beträchtlichen finanziellen Wert, sondern war auch ein historisches Symbol für die Stadt und ihre Geschichte.

Die örtliche Polizei, die mit der Aufklärung dieses Diebstahls betraut war, stand vor einem Rätsel. Die Sicherheitsvorkehrungen im Museum waren äußerst hoch, und es gab keine sichtbaren Anzeichen eines Einbruchs. Niemand hatte etwas Verdächtiges bemerkt, und es gab keine Zeugen des Diebstahls. Die Polizei war ratlos und wusste nicht, wo sie anfangen sollte.

In ihrer Verzweiflung wandten sich die örtlichen Behörden an Anna Weber, eine erfahrene Privatdetektivin, die für ihren scharfen Verstand und ihre Erfolgsbilanz bei der Lösung kniffliger Fälle bekannt war. Anna war keine Unbekannte in Rosenthal und hatte bereits früher bei der Aufklärung von Verbrechen geholfen.

Anna nahm den Fall an und begann ihre Ermittlungen, indem sie das Museumspersonal und mögliche Zeugen des Diebstahls befragte. Doch schnell stellte sie fest, dass dies keine einfache Aufgabe werden würde. Alle, die sie befragte, schienen ein glaubwürdiges Alibi zu haben, und niemand schien ein Motiv für den Diebstahl zu haben.

Anna, die für ihre Hartnäckigkeit bekannt war, ließ sich nicht entmutigen. Sie wusste, dass in jedem Fall Geheimnisse lauerten, und es war ihre Aufgabe, sie aufzudecken. Während ihrer Nachforschungen stolperte sie über Hinweise auf ein geheimes Treffen, das kurz vor dem Diebstahl stattgefunden hatte. Diese Entdeckung führte sie auf eine neue Spur und erweckte ihre Neugier.

Anna war entschlossen, den Schmuckstückdieb zu finden und das gestohlene Juwel wiederzubeschaffen, um die Stadt und ihr Museum zu retten. Sie arbeitete Tag und Nacht, um die Puzzleteile dieses mysteriösen Falls zusammenzufügen.

Doch dann geschah etwas, das den Fall noch mysteriöser machte. Anna erhielt einen anonymen Brief. Der Brief enthielt weitere Hinweise auf den Diebstahl und das geheime Treffen, aber er enthüllte nicht die Identität des Absenders. Anna wusste nicht, ob sie dem Brief trauen konnte, aber sie konnte nicht anders, als sich weiter auf die Spur zu begeben, die er ihr wies.

Der Fall wurde immer rätselhafter, je mehr Anna in ihn verwickelt wurde. Sie wusste, dass sie vorsichtig sein musste, denn sie konnte niemandem trauen, nicht einmal denen, die sie zu unterstützen schienen. Die Spannung erreichte ihren Höhepunkt, als Anna den anonymen Brief öffnete und sich auf die Suche nach Antworten begab.

Absenders - sender's (of the letter)

Aufklärung - elucidation, clarification

Befragte - questioned, interviewed

Beträchtlichen - considerable, substantial

Erfolgsbilanz - track record

Erschütterte - shook, disturbed

Geheimes Treffen - secret meeting

Glaubwürdiges Alibi - credible alibi

Hartnäckigkeit - persistence, tenacity

Identität - identity

Malerischen - picturesque

Neugier - curiosity

Ratlos - clueless, at a loss

Rätselhafter - more mysterious

Schmuckstücke - pieces of jewelry

Unbekannte - unknown (female)

Verbrechen - crime

Verzweiflung - desperation

Wiederzubeschaffen - to recover, retrieve

2. Die Spur des Treffens

Anna konnte die Neugierde nicht bremsen und beschloss, den Hinweisen im anonymen Brief zu folgen. Sie führten sie zu einem abgelegenen Ort am Rande von Rosenthal, der von dichtem Wald umgeben war. Die Atmosphäre war gespenstisch, als Anna sich dem unbekannten Ziel näherte.

Dort, inmitten der Bäume, stieß sie auf eine Gruppe von Personen, die sich offensichtlich auf das geheime Treffen bezogen hatten. Die Gruppe war genauso mysteriös wie der Fall selbst. Sie bestand aus Menschen in dunklen Mänteln und Hüten, die ihre Gesichter verbargen. Anna spürte, dass sie es hier mit einer verschworenen Gemeinschaft zu tun hatte.

Die Gruppe behauptete, das gestohlene Schmuckstück, die „Rosenthaler Perle", in ihrem Besitz zu haben, und sie waren bereit, es zurückzugeben. Anna war erleichtert, dass das Juwel nicht verloren gegangen war, aber sie wusste, dass es noch viele Fragen gab, die beantwortet werden mussten.

Doch die Mitglieder der Gruppe stellten Bedingungen für die Rückgabe des Schmuckstücks. Sie verlangten im Gegenzug Annas Hilfe bei der Lösung eines anderen Falls, der sie seit Jahren beschäftigte. Es handelte sich um einen ungelösten Mord, der die Stadt Rosenthal in Angst und Schrecken versetzt hatte.

Anna, die immer auf der Suche nach der Wahrheit war, willigte ein, die Gruppe bei ihren Ermittlungen zu unterstützen. Sie begleitete sie zu einem mysteriösen Anwesen, das von Gerüchten umrankt war. Hier hatte der Mord vor vielen Jahren stattgefunden, und der Täter war nie gefasst worden.

Das Anwesen war verfallen und von dichtem Nebel umhüllt, was die gespenstische Atmosphäre noch verstärkte. Anna und die Gruppe durchsuchten das Gebäude nach Hinweisen, die ihnen bei der Lösung des Mordfalls helfen könnten. Sie fanden alte Tagebücher, verblasste Fotografien und Zeugenaussagen, die nie in die offiziellen Akten gelangt waren.

Während ihrer Recherchen erfuhr Anna immer mehr über die Verstrickungen der Gruppe in alte Verbrechen. Es stellte sich heraus, dass sie mehr wussten, als sie zugeben wollten, und dass sie Informationen über den Mord und den Diebstahl des Schmuckstücks hatten.

Doch die Mitglieder der Gruppe hatten auch ihre eigenen Geheimnisse und Motive. Jeder schien etwas zu verbergen, und Anna konnte niemandem wirklich trauen. Die Spannung zwischen ihr und der Gruppe stieg, während sie gemeinsam dem Geheimnis des Mordfalls näherkamen.

Anna war entschlossen, die Wahrheit ans Licht zu bringen, koste es, was es wolle. Sie wusste, dass dieser Fall sie an ihre Grenzen führen würde, aber sie war bereit, alles zu tun, um die Rätsel zu lösen und die Verbrechen aufzuklären, die Rosenthal seit Jahren in Atem hielten.

Die Geschichte nahm eine unerwartete Wendung, als Anna und die Gruppe tiefer in das Geheimnis des Mordfalls eintauchten. Die Wahrheit schien greifbar nah, aber es gab noch viele Hindernisse und Geheimnisse, die aufgedeckt werden mussten.

Abgelegenen - remote, secluded

Anwesen - estate, mansion

Atmosphäre - atmosphere

Aufzuklären - to clear up, to solve

Behauptete - claimed

Bezogen - related, referred to

Bremsen - to brake, slow down

Eintauchten - delved into, immersed

Ermittlungen - investigations

Grenzen - limits, boundaries

Motive - motives

Nebel - fog, mist

Rätsel - puzzle, mystery

Recherchen - research, investigations

Umgibt - surrounds, encircles

Verbergen - to hide, conceal

Verfallen - decayed, dilapidated

Verstärkte - reinforced, intensified

Verstrickungen - entanglements, involvements

Wendung - twist, turn

Willigte ein - consented, agreed

3. Das Geheimnis des Mordes

Anna und die Gruppe setzten ihre Ermittlungen im alten Mordfall fort. Sie waren entschlossen, die Wahrheit ans Licht zu bringen und die Verbrechen, die Rosenthal seit Jahren belasteten, aufzuklären.

Gemeinsam durchsuchten sie das verfallene Anwesen, in dem der Mord vor vielen Jahren geschehen war. Sie entdeckten neue Beweise, die bisher übersehen worden waren, und befragten Zeugen, die nie zuvor ausgesagt hatten. Anna war beeindruckt von der Entschlossenheit der Gruppe, die Dunkelheit der Vergangenheit zu erhellen.

Die Wahrheit über den Mord schien näher zu rücken, aber es gab immer noch viele Fragen, die beantwortet werden mussten. Die Mitglieder der Gruppe waren nervös und schienen Angst davor zu haben, dass die Wahrheit ans Licht kommen könnte. Doch Anna war unbeirrt und ließ sich nicht von ihren Nachforschungen abhalten.

Anna begann zu vermuten, dass der alte Mordfall und der Diebstahl des gestohlenen Schmuckstücks miteinander verknüpft sein könnten. Es gab Hinweise, dass beide Verbrechen von derselben Gruppe geplant und ausgeführt worden waren. Aber die genaue Verbindung zwischen ihnen blieb ein Rätsel.

Die Spannung zwischen Anna und der Gruppe erreichte ihren Höhepunkt, als sie weiter nach der Verbindung zwischen den beiden Fällen suchten. Die Mitglieder der Gruppe versuchten, Anna von ihren Nachforschungen abzubringen und warnten sie vor den Konsequenzen, wenn die Wahrheit ans Licht käme.

Doch Anna ließ sich nicht einschüchtern. Sie war fest entschlossen, die Wahrheit zu enthüllen, koste es, was es wolle. Sie wusste, dass die Bewohner von Rosenthal das Recht hatten, die Wahrheit über die Verbrechen zu erfahren, die ihre Gemeinschaft so lange geplagt hatten.

Während ihrer Nachforschungen erfuhr Anna von einem weiteren möglichen Zeugen, der im Fall des gestohlenen Schmuckstücks entscheidend sein könnte. Dieser Zeuge hatte möglicherweise Informationen über den Diebstahl, die bisher nicht bekannt waren.

Anna zögerte nicht und nahm sofort Kontakt mit dem Zeugen auf. Sie traf sich mit ihm an einem geheimen Ort, weit weg von den neugierigen Blicken der Gruppe. Der Zeuge erzählte Anna von dem Tag des Diebstahls im Museum und von den verdächtigen Aktivitäten, die er beobachtet hatte.

Die Informationen des Zeugen waren äußerst wertvoll und brachten Anna einen Schritt näher an die Lösung des Falls. Sie begann, die Puzzleteile zusammenzusetzen und die Verbindung zwischen dem Diebstahl des Schmuckstücks und dem alten Mordfall zu verstehen.

Die Geschichte wurde immer komplexer, je tiefer Anna in die Ermittlungen eintauchte. Sie wusste, dass sie auf gefährlichem Terrain unterwegs war, aber sie war entschlossen, die Wahrheit ans Licht zu bringen, koste es, was es wolle. Die Bewohner von Rosenthal hatten ein Recht auf Gerechtigkeit, und Anna war bereit, alles zu tun, um sie zu bekommen.

Belasteten - burdened

Beeindruckt - impressed

Befragten - interviewed, questioned

Dunkelheit - darkness

Einschüchtern - to intimidate

Enthüllen - to reveal, unveil

Entschlossenheit - determination, resolve

Geheimen - secret

Koste es, was es wolle - at all costs, come what may

Nervös - nervous

Plagten - plagued, tormented

Unbeirrt - undeterred

Verbindung - connection, link

Verknüpft - linked, connected

Vermuten - to suspect, assume

Verstehen - to understand

Warnten - warned

Zeugen - witnesses

4. Das große Geheimnis

Anna verhörte den möglichen Zeugen, der im Fall des gestohlenen Schmuckstücks entscheidende Informationen hatte. Sie traf sich mit ihm an einem geheimen Ort, fernab von den Augen der Gruppe. Der Zeuge war nervös, aber er hatte entscheidende Informationen, die Anna bei der Lösung des Falls helfen konnten.

Während des Verhörs gab der Zeuge zu, am Tag des Diebstahls im Museum gewesen zu sein und das Schmuckstück gesehen zu haben. Doch er behauptete, nicht der Dieb zu sein und erklärte, dass er aus einem anderen Grund dort war. Anna spürte, dass der Zeuge die Wahrheit sagte, aber sie konnte nicht herausfinden, welches Motiv ihn an den Tatort geführt hatte.

Anna begann, die Puzzlestücke zusammenzusetzen und erkannte, dass der Fall noch komplexer war, als sie bisher angenommen hatte. Es schien, als ob mehrere Geheimnisse miteinander verknüpft waren und eine gemeinsame Wahrheit ans Licht bringen würden.

Schließlich entdeckte Anna das große Geheimnis, das sowohl den Diebstahl des Schmuckstücks als auch den alten Mordfall betraf. Es stellte sich heraus, dass die Gruppe, die sie begleitete, in beide Verbrechen verwickelt war. Sie hatten das Schmuckstück gestohlen, um von seinem Verkauf zu profitieren, und sie waren auch in den alten Mordfall verwickelt.

Die Mitglieder der Gruppe waren schockiert, als Anna die Wahrheit ans Licht brachte. Sie hatten gedacht, dass sie ihre dunklen Geheimnisse gut bewahrt hatten, aber Anna hatte die Puzzleteile zusammengefügt und das große Bild erkannt.

Nun mussten sich die Mitglieder der Gruppe ihrer eigenen Beteiligung an den Verbrechen stellen. Die Spannung erreichte ihren Höhepunkt, als Anna und die Gruppe vor einer wichtigen Entscheidung standen. Die Bewohner von Rosenthal hatten ein Recht auf Gerechtigkeit, und die Wahrheit durfte nicht länger verborgen bleiben.

Anna war bereit, die Wahrheit ans Licht zu bringen, auch wenn es bedeutete, diejenigen zu entlarven, die sie bisher unterstützt hatten. Sie wusste, dass es ihre Pflicht war, die Verbrechen aufzuklären und die Schuldigen zur Rechenschaft zu ziehen.

Die Geschichte näherte sich ihrem dramatischen Höhepunkt, und die Spannung war förmlich greifbar. Anna und die Gruppe standen vor einer schwierigen Entscheidung, die das Schicksal von Rosenthal für immer verändern würde.

Begleitete - accompanied

Beteiligung - participation, involvement

Entlarven - to expose, unmask

Fernab - far away from

Förmlich - literally, virtually

Gestohlen - stolen

Greifbar - tangible, palpable

Rechenschaft - accountability

Schicksal - fate, destiny

Schockiert - shocked

Verhörte - interrogated

Verknüpft - linked (Note: This word has been included in previous glossaries. However, it's reiterated here as it appears in the text)

Verwickelt - involved

Zusammengefügt - pieced together

5. Ans Licht gebracht

Anna und die Gruppe standen vor einer schwierigen Entscheidung, die das Schicksal von Rosenthal für immer verändern würde. Sie hatten die Wahrheit über die Verbrechen ans Licht gebracht, aber nun mussten sie wählen, ob sie diese Wahrheit der Öffentlichkeit preisgeben oder sie für immer begraben wollten.

Anna erkannte, dass es keine einfachen Antworten gab und dass die Entscheidung schwerwiegende Konsequenzen haben würde. Die Stadt Rosenthal hielt den Atem an, als sie auf die Enthüllungen wartete. Die Bewohner waren gespalten, einige von ihnen wollten die Wahrheit über die Verbrechen wissen, um Gerechtigkeit zu erhalten, während andere die Vergangenheit ruhen lassen und die Gemeinschaft nicht weiter belasten wollten.

Anna fühlte den Druck der Verantwortung auf ihren Schultern. Sie wusste, dass ihre Entscheidung das Schicksal von Rosenthal und seiner Bewohner für immer beeinflussen würde. Sie war fest entschlossen, eine Lösung zu finden, die die Stadt wieder vereinen würde, anstatt sie weiter zu spalten.

Anna vermittelte zwischen den verschiedenen Parteien und versuchte, eine friedliche Lösung zu finden. Sie organisierte Treffen, bei denen die Bewohner ihre Meinungen und Sorgen austauschen konnten. Sie hörte sich ihre Geschichten an und versuchte, Verständnis und Empathie zwischen den Menschen zu fördern.

Die Geschichte endete schließlich mit einer Entscheidung. Die Bewohner von Rosenthal entschieden sich dafür, die Wahrheit über die Verbrechen zu erfahren, um Gerechtigkeit zu bekommen und die Vergangenheit zu bewältigen. Diejenigen, die an den Verbrechen beteiligt waren, wurden zur Rechenschaft gezogen und mussten die Konsequenzen für ihr Handeln tragen.

Die Stadt begann, sich zu heilen und sich wieder zu vereinen. Die Bewohner fanden Trost darin, dass die Wahrheit ans Licht gekommen war, auch wenn sie schmerzhaft war. Sie wussten, dass sie gemeinsam die Herausforderungen der Zukunft meistern konnten, solange sie zusammenhielten.

Anna, die den Fall gelöst und die Stadt wieder auf den Weg der Gerechtigkeit geführt hatte, verließ Rosenthal mit einem Gefühl der Erfüllung. Sie wusste, dass die Welt voller Geheimnisse war, und dass es immer neue Fälle und Abenteuer geben würde, die ihrer Aufmerksamkeit bedurften.

Während sie sich auf den Weg in ihre nächste Herausforderung machte, fragte Anna sich, welcher Fall sie als Nächstes erwarten würde und welches Geheimnis sie als nächstes aufdecken würde. Ihr scharfer Verstand und ihre Entschlossenheit waren bereit für jedes Abenteuer, das auf sie wartete. Die Welt des Verbrechens hörte nie auf, und Anna war bereit, sich jeder neuen Herausforderung zu stellen.

Austauschen - to exchange, share

Belasten - to burden

Bewältigen - to cope with, to manage

Druck - pressure

Empathie - empathy

Enthüllungen - revelations

Erfüllung - fulfillment

Erwarten - to expect

Gemeinschaft - community

Gespalten - divided

Herausforderung - challenge

Konsequenzen - consequences

Meistern - to master, overcome

Preisgeben - to reveal, disclose

Schultern - shoulders

Sorgen - worries

Vereinen - to unite

Vermittelte - mediated

Die goldene Sonne

1. Das rätselhafte Verschwinden

In einem kleinen peruanischen Dorf namens Pachamama herrschte Aufregung. Ein wertvolles Inka-Schmuckstück, das als „Die Goldene Sonne" bekannt war, war aus dem örtlichen Museum gestohlen worden. Das Schmuckstück hatte nicht nur einen hohen finanziellen Wert, sondern galt auch als Teil eines alten Inka-Schatzes, der Gerüchten zufolge verflucht war.

Die örtliche Polizei stand vor einem Rätsel. Sie wussten nicht, wer den Diebstahl begangen hatte oder wohin das wertvolle Schmuckstück verschwunden war. Die Bewohner von Pachamama waren besorgt, denn sie glaubten an den Fluch des Schatzes und fürchteten, dass Unheil über das Dorf kommen könnte.

In dieser schwierigen Situation wandten sich die Behörden an Sofia, eine junge Archäologin, die sich auf die Inka-Kultur spezialisiert hatte. Sofia war fasziniert von den alten Zivilisationen Südamerikas und hatte bereits an zahlreichen Ausgrabungen teilgenommen. Sie war bekannt für ihren scharfen Verstand und ihre Fähigkeit, Rätsel zu lösen.

Die Polizei bat Sofia um Hilfe, und sie zögerte nicht, sich dem Fall anzunehmen. Sie wollte nicht nur das gestohlene Schmuckstück zurückbringen, sondern auch das Rätsel um den Fluch des Schatzes lösen. Sofia glaubte, dass es eine Verbindung zwischen dem Diebstahl und den mysteriösen Geschichten um den Schatz gab.

Sofia begann ihre Ermittlungen, indem sie das Museum besuchte und das Museumspersonal befragte. Sie erkundigte sich nach den Umständen des Diebstahls und den möglichen Verdächtigen. Es stellte sich heraus, dass es mehrere Personen gab, die Zugang zum Schmuckstück hatten, darunter auch Mitglieder des Inka-Stammes, die den Schatz als heilig betrachteten.

Während ihrer Nachforschungen stieß Sofia auf Hinweise, die auf ein geheimes Treffen kurz vor dem Diebstahl hindeuteten. Einige der Museumswärter hatten mysteriöse Symbole in der Nähe des Tatorts gesehen. Sofia war sich sicher, dass es mehr hinter dem Diebstahl steckte, als es auf den ersten Blick schien.

Sie begann, die Spuren zu verfolgen und kam mit einigen der Dorfbewohner ins Gespräch. Einige von ihnen erzählten ihr von den Geschichten und Legenden über den verfluchten Schatz. Sofia wurde immer tiefer in die Welt aus Geheimnissen und Intrigen gezogen, während sie versuchte, den Dieb zu finden und das gestohlene Schmuckstück zurückzubringen.

Eines Tages, als sie gerade dabei war, die Aufzeichnungen im Museum zu durchsuchen, erhielt Sofia einen Anruf von der örtlichen Polizei. Sie hatten eine neue Spur gefunden, die sie zu einem Mitglied des Inka-Stammes führte. Sofia packte ihre Unterlagen und machte sich auf den Weg zum Treffpunkt mit den Ermittlern.

Während sie in ihrem Auto durch die malerische Landschaft Perus fuhr, dachte Sofia über den Fall nach. Sie wusste, dass sie vor einer großen Herausforderung stand und dass die Lösung des Rätsels um den gestohlenen Schatz und den Fluch des Schatzes nicht einfach sein würde. Aber sie war entschlossen, die Wahrheit ans Licht zu bringen und das Schmuckstück zurückzubringen, bevor noch mehr Unheil über Pachamama kam.

Archäologin - archaeologist

Aufregung - excitement

Ausgrabungen - excavations

Befragte - interrogated, questioned

Dorfbewohner - villagers

Ermittlungen - investigations

Geschichten - stories

Herausforderung - challenge

Intrigen - intrigues

Landschaft - landscape

Legenden - legends

Malerische - picturesque

Nachforschungen - research, investigations

Rätselhafte - mysterious

Spezialisiert - specialized

Stammes - tribe's

Symbole - symbols

Unheil - mischief, harm

Verbindung - connection

Verflucht - cursed

Zivilisationen - civilizations

2. Die Suche nach Hinweisen

Sofia hatte sich entschlossen, tief in die peruanischen Anden zu reisen, um nach Hinweisen auf den Verbleib des gestohlenen Schmuckstücks zu suchen. Sie glaubte, dass sie in den Bergen und Höhlen der Anden wichtige Spuren finden könnte, die sie dem Dieb näherbringen würden.

Die Fahrt in die Berge war abenteuerlich, und Sofia fühlte sich von der majestätischen Landschaft Perus fasziniert. Die Anden erstreckten sich vor ihr, und sie konnte die Frische der Bergluft spüren. Ihr Ziel war ein entlegenes Dorf in den Bergen, das angeblich mit der Legende des verfluchten Schatzes in Verbindung stand.

Als Sofia in dem Dorf ankam, wurde sie von den Dorfbewohnern freundlich empfangen. Sie erzählten ihr von den Geschichten, die sich um den Schatz rankten, und warnten sie vor den Gefahren, die mit seiner Berührung verbunden sein sollten. Sofia nahm die Warnungen ernst, aber sie war entschlossen, die Wahrheit zu finden.

Die Bewohner des Dorfes führten sie zu einer Höhle, die in den Berg eingelassen war. In der Höhle entdeckte Sofia alte Inka-Symbole und Zeichen, die auf die Bedeutung des gestohlenen Schmuckstücks hinwiesen. Es schien, als ob die Höhle ein wichtiger Ort für die Inka gewesen war, vielleicht sogar ein geheimer Tempel.

Während ihrer Erkundung stieß Sofia auf weitere Spuren, die sie in die Berge führten. Sie fand versteckte Tempel und heilige Stätten, die mit Inka-Symbolen geschmückt waren. Es schien, als ob die Inka-Kultur tiefe Wurzeln in dieser Region hatte und dass der Schatz eine wichtige Rolle in ihrem Glauben spielte.

Sofia hörte Geschichten von Dorfbewohnern, die behaupteten, den Schatz gesehen zu haben, bevor er gestohlen wurde. Einige erzählten von unheimlichen Ereignissen und Unglücken, die sie mit dem Schatz in Verbindung brachten. Sofia war überzeugt, dass der Fluch des Schatzes mehr als nur eine Legende war.

Während ihrer Reise traf Sofia auch auf einen dubiosen Kunsthändler namens Carlos. Carlos hatte sich in der Gegend niedergelassen und versuchte, Kunstwerke und Artefakte aus der Region zu sammeln, um sie auf dem internationalen Markt zu verkaufen. Er war einer der Hauptverdächtigen in ihrem Fall.

Sofia führte ein Gespräch mit Carlos, um mehr über seine Verbindung zum gestohlenen Schmuckstück herauszufinden. Er gab zu, von dem Schatz gehört zu haben und Interesse daran gehabt zu haben, ihn zu erwerben. Doch er beteuerte seine Unschuld und behauptete, nichts mit dem Diebstahl zu tun zu haben.

Die Spannung stieg, als Sofia dem Geheimnis der gestohlenen „Goldenen Sonne" näherkam. Sie hatte viele Hinweise gefunden, aber sie wusste, dass sie noch einen langen Weg vor sich hatte, um den Dieb zu finden und den Fluch des Schatzes zu brechen. Sofia war entschlossen, die Wahrheit ans Licht zu bringen, koste es, was es wolle.

Abenteuerlich - adventurous

Anden - Andes (mountains)

Ankam - arrived

Artefakte - artifacts

Bedeutung - meaning, significance

Berührung - touch

Dubiosen - dubious, shady

Empfangen - received, welcomed

Erkundung - exploration

Erstreckten - stretched, extended

Gefahren - dangers

Glauben - belief

Hinweisen - clues, hints

Kunsthändler - art dealer

Majestätischen - majestic

Sammeln - to collect

Verbindung - connection, link

Verbleib - whereabouts

Warnungen - warnings

Zeichen - signs, symbols

3. Das Geheimnis der „Goldenen Sonne"

Sofia setzte ihre Ermittlungen fort und widmete sich dem gestohlenen Schmuckstück, der „Goldenen Sonne". Sie hatte bereits eine Menge über die Bedeutung des Schatzes für die Inka-Kultur herausgefunden, aber sie war überzeugt, dass es noch mehr zu entdecken gab.

Nachdem sie die Symbole auf der „Goldenen Sonne" gründlich untersucht hatte, entdeckte Sofia, dass sie eine tiefere Bedeutung hatten. Die Symbole waren Teil einer alten Prophezeiung, die in der Inka-Kultur von großer Bedeutung war. Die Prophezeiung besagte, dass die „Goldene Sonne" das Gleichgewicht zwischen Gut und Böse aufrechterhalten konnte.

Sofia war fasziniert von dieser Erkenntnis und wusste, dass sie einem wichtigen Geheimnis auf der Spur war. Sie vermutete, dass der Dieb das Schmuckstück gestohlen hatte, um seine Kräfte für finstere Zwecke zu nutzen. Es war möglich, dass er glaubte, den Fluch des Schatzes brechen zu können, um seine eigenen Ziele zu verfolgen.

Während ihrer Nachforschungen wurde Sofia von einem mysteriösen Fremden beobachtet. Dieser Mann tauchte plötzlich auf und schien alles über den Fall zu wissen. Er näherte sich Sofia und warnte sie vor den Gefahren, die mit der Suche nach der „Goldenen Sonne" verbunden waren.

„Machen Sie sich keine Illusionen, junge Dame", sagte der Fremde mit einer ernsten Miene. „Der Schatz ist gefährlich, und diejenigen, die nach ihm suchen, geraten in große Gefahr."

Sofia war überrascht von dieser Warnung, aber sie war entschlossen, die Wahrheit herauszufinden. Sie fragte den Fremden nach seiner Identität und seinem Interesse an der „Goldenen Sonne".

„Ich habe meine eigenen Gründe, mich für den Schatz zu interessieren", antwortete der Fremde geheimnisvoll. „Aber ich warne Sie, bleiben Sie wachsam und vertrauen Sie niemandem blind."

Sofia dankte dem Fremden für seine Warnung, aber sie war sich bewusst, dass sie alleine nicht aufgeben konnte. Sie wusste, dass sie dem Geheimnis der „Goldenen Sonne" auf den Grund gehen musste, um den Dieb zu finden und den Fluch zu brechen.

In den folgenden Tagen vertiefte sich Sofia weiter in die Prophezeiung und die Bedeutung der Symbole auf dem Schmuckstück. Sie sprach mit Dorfbewohnern und Archäologen, um mehr Informationen zu sammeln. Je mehr sie erfuhr, desto klarer wurde ihr, dass die „Goldene Sonne" eine entscheidende Rolle in der Inka-Kultur spielte.

Eines Tages stieß Sofia auf eine alte Aufzeichnung, die von einem Inka-Priester verfasst worden war. In dieser Aufzeichnung wurde die Prophezeiung der „Goldenen Sonne" ausführlich beschrieben. Der Priester glaubte, dass das Schmuckstück das Gleichgewicht zwischen Gut und Böse aufrechterhalten konnte, solange es in den richtigen Händen war.

Sofia war aufgeregt über diese Entdeckung und war überzeugt, dass der Dieb die „Goldene Sonne" gestohlen hatte, um ihre Kräfte für finstere Zwecke zu nutzen. Sie musste den Dieb aufspüren und den Schatz zurückbringen, bevor es zu spät war.

In dieser aufregenden Phase ihrer Ermittlungen wurde Sofia erneut von dem mysteriösen Fremden kontaktiert. Er tauchte plötzlich vor ihr auf und warnte sie erneut.

„Sie sind auf dem richtigen Weg, aber der Dieb wird alles tun, um den Schatz zu behalten", sagte der Fremde. „Seien Sie vorsichtig, und vertrauen Sie niemandem, der Ihnen zu nahekommt."

Sofia war entschlossen, ihre Mission fortzusetzen, aber sie war sich bewusst, dass der Fall gefährlicher war, als sie je gedacht hatte. Der Dieb und der Fluch der „Goldenen Sonne" waren Geheimnisse, die tief in der Inka-Kultur verwurzelt waren, und Sofia war bereit, alles zu riskieren, um die Wahrheit ans Licht zu bringen.

Aufrechterhalten - maintain

Aufspüren - track down, locate

Böse - evil

Entscheidende - crucial, decisive

Erneut - again, once more

Ernsten Miene - serious expression

Finstere - dark, sinister

Gefahr - danger

Gleichgewicht - balance, equilibrium

Gründe - reasons

Illusionen - illusions

Interesse - interest

Mission - mission

Phase - phase

Prophezeiung - prophecy

Verfasst - composed, written

Vorsichtig - cautious, careful

Wachsam - vigilant, alert

Warnen - warn

Ziele - goals, objectives

4. Die Verfolgung

Sofia folgte den Spuren des gestohlenen Schmuckstücks, und ihre Ermittlungen führten sie zu gefährlichen und abgelegenen Orten in den peruanischen Anden. Dabei geriet sie mehrmals in gefährliche Situationen. Einheimische warnten sie davor, dass der Schatz verflucht war, aber Sofia war entschlossen, den Schatz zurückzubringen und diejenigen zu stoppen, die ihn missbrauchen wollten.

Während ihrer Reise traf Sofia auf Menschen, die ihr von unheimlichen Ereignissen und seltsamen Visionen erzählten, die mit dem gestohlenen Schmuckstück in Verbindung standen. Sie erfuhr von mysteriösen Vorfällen, bei denen Menschen in Trance verfielen und von der „Goldenen Sonne" sprachen. Es schien, als ob der Schatz eine dunkle Macht ausübte, die die Menschen in seinen Bann zog.

Sofia wusste, dass sie auf der richtigen Spur war, und sie setzte ihre Ermittlungen mit noch größerem Eifer fort. Sie folgte den Hinweisen und kam schließlich auf die Spur einer geheimen Organisation, die den Schatz für ihre eigenen finsteren Pläne nutzen wollte. Diese Organisation glaubte, dass die „Goldene Sonne" ihnen übernatürliche Macht verleihen könnte, und sie waren bereit, dafür über Leichen zu gehen.

In einem dramatischen Showdown gelang es Sofia, den Dieb zu stellen und das Schmuckstück zurückzubringen. Doch der Dieb war nicht alleine, und es kam zu einem spektakulären Kampf, bei dem Sofia all ihre Fähigkeiten einsetzen musste. Es war ein nervenaufreibender Moment, der über das Schicksal des gestohlenen Schatzes entschied.

Endlich hatte Sofia das Schmuckstück wieder in ihren Händen, aber der Fluch der „Goldenen Sonne" war noch nicht gebrochen. Sofia konnte spüren, dass die dunkle Macht des Schatzes immer noch präsent war und drohte, alles zu verschlingen. Sie wusste, dass sie eine letzte Herausforderung bewältigen musste, um den Fluch zu brechen und die Menschen von der Gefahr zu befreien.

Mit dem gestohlenen Schmuckstück in der Hand kehrte Sofia zum peruanischen Dorf Pachamama zurück. Die Bewohner waren erleichtert, den Schatz wiederzusehen, aber sie waren sich bewusst, dass der Fluch noch nicht gebrochen war. Sofia wusste, dass sie die Hilfe der Dorfbewohner brauchte, um den Fluch zu überwinden.

Gemeinsam mit den Einheimischen führte Sofia ein Ritual durch, bei dem die „Goldene Sonne" gereinigt und von ihrer dunklen Energie befreit wurde. Es war ein intensiver Moment, bei dem die Macht des Schatzes auf die Probe gestellt wurde. Sofia spürte, wie die dunkle Energie langsam nachließ, und der Fluch endlich gebrochen wurde.

Die Bewohner von Pachamama waren erleichtert und dankbar für Sofias Hilfe. Der Schatz wurde sicher in einem Museum aufbewahrt, wo er von der Öffentlichkeit bewundert werden konnte, ohne die Gefahr des Fluchs. Sofia hatte den Fall gelöst und die Menschen vor einer unheilvollen Bedrohung gerettet.

Doch als Sofia das Dorf verließ, ahnte sie, dass die Welt voller Geheimnisse war, und dass es noch viele ungelöste Fälle und Abenteuer gab. Sie war bereit für ihr nächstes Abenteuer, denn die Welt des Verbrechens hörte nie auf, neue Rätsel zu stellen. Was würde ihr nächster Fall sein? Welches Geheimnis würde sie als Nächstes aufdecken?

Abgelegenen - remote

Ahnte - suspected

Bann - spell, charm

Bewundert - admired

Dabei - thereby, in the process

Dramatischen - dramatic

Drohte - threatened

Einheimische - locals, natives

Energie - energy

Ereignissen - events

Ermittlungen - investigations

Finsteren - dark, sinister

Gelöst - solved

Herausforderung - challenge

Missbrauchen - misuse, abuse

Nervenaufreibender - nerve-wracking

Präsent - present, evident

Rückkehrte - returned

Showdown - showdown

Spektakulären - spectacular

Spur - trace, track

Überwinden - overcome

Ungelöste - unsolved

Verleihen - lend, grant

Verließ - left, departed

Der Zweite Weltkrieg

1. Das Rätsel des Alten Bunkers

Der verlassene Bunker erstreckte sich düster vor Max Fischer. Die Graffiti an den Wänden und die überwucherten Eingänge zeugten von der Vergessenheit dieses Ortes. Max stellte sich vor, wie dieser Bunker während des Zweiten Weltkriegs eine wichtige Rolle gespielt hatte.

Max: (murmelt vor sich hin) „Ein verlassener Bunker, Gerüchte über geheime Dokumente und verborgene Schätze... Das klingt nach einem Fall, der meiner Expertise bedarf.“

Max betrat den Bunker und begann, seine Umgebung zu erkunden. Er durchsuchte die verlassenen Räume, die von der Zeit gezeichnet waren. Plötzlich hörte er leise Schritte und wandte sich um.

Einheimischer: (misstrauisch) „Was machen Sie hier, Fremder?“

Max: (freundlich) „Ich bin Privatdetektiv Max Fischer, von der örtlichen Polizei beauftragt, nach Hinweisen zu suchen. Ich habe gehört, es gibt hier Gerüchte über geheime Dokumente und Schätze.“

Einheimischer: (misstrauisch) „Die Geheimnisse dieses Bunkers sind gefährlich. Manche sagen, er sei verflucht.“

Max: (neugierig) „Verflucht? Das klingt interessant. Aber ich bin bereit, dem auf den Grund zu gehen. Können Sie mir etwas über die Geschichte dieses Ortes erzählen?“

Der Einheimische, der sich als Klaus vorstellte, erzählte Max von den Ereignissen während des Krieges und den Gerüchten über eine verschwundene Schatzkiste, die angeblich wertvolle Dokumente enthielt.

Klaus: „Es gibt Geschichten über einen Soldaten, der die Schatzkiste fand, aber dann spurlos verschwand. Niemand weiß, was mit ihm passiert ist.“

Max: „Das klingt nach einem interessanten Anfang. Ich werde diese Geschichte genauer unter die Lupe nehmen."

Max setzte seine Erkundungen fort und begann, nach Spuren zu suchen, die auf die verschwundene Schatzkiste hinweisen könnten. Der Bunker schien mehr Geheimnisse zu bergen, als er zunächst vermutet hatte.

Bergen - to contain, hold

Beauftragt - commissioned, assigned

Düster - gloomy, dismal

Erkundungen - explorations

Expertise - expertise

Fremder - stranger

Graffiti - graffiti

Misstrauisch - suspicious, distrustful

Murmelt - murmurs

Neugierig - curious

Privatdetektiv - private detective

Schatzkiste - treasure chest

Spurlos - without a trace

Überwucherten - overgrown

Umgebung - surroundings, environment

Vermutet - suspected

Verflucht - cursed

Zeugten - testified, bore witness

2. Die Spuren der Vergangenheit

Max durchsuchte den Bunker weiter, seine Taschenlampe warf fahles Licht auf die vergessenen Relikte aus vergangenen Zeiten. Die verrosteten Waffen und alten Uniformen erzählten stumme Geschichten von längst vergangenen Schlachten. Doch Max wurde von den geheimen Tunneln und verriegelten Türen angezogen. Er konnte nicht anders, als ihnen zu folgen.

Max: „Das wird immer mysteriöser. Diese Tunnel und Türen müssen etwas verbergen."

Er folgte den dunklen Gängen des Bunkers und stieß schließlich auf eine massive Tür, die mit einem Rätsel verschlossen war. Ein altes Tagebuch, das er zuvor gefunden hatte, enthielt Hinweise darauf, wie das Rätsel gelöst werden konnte.

Max: (zu sich selbst) „Das Tagebuch erwähnte ein verstecktes Symbol. Vielleicht ist das der Schlüssel."

Nachdem er das Symbol entdeckte und die Tür öffnete, fand Max sich in einem Raum wieder, der mit alten Dokumenten und Karten übersät war. Er begann, die Papiere zu durchsuchen und stieß auf Tagebucheinträge eines ehemaligen Soldaten namens Otto.

Tagebucheintrag (Otto): „Heute habe ich die Schatzkiste gefunden, die angeblich wertvolle Dokumente enthält. Ich kann es kaum erwarten, sie zu öffnen."

Max war aufgeregt. Die Tagebucheinträge von Otto könnten ihm wichtige Hinweise auf den Verbleib der Schatzkiste liefern.

Max: (aufgeregt) „Diese Einträge deuten darauf hin, dass Otto die Schatzkiste gefunden hat. Aber was ist mit ihm passiert?"

Während Max weiter die Dokumente durchstöberte, entdeckte er eine Karte, die den Grundriss des Bunkers zeigte. Die Karte hatte Markierungen, die auf einen geheimen Raum hinwiesen.

Max: (aufgeregt) „Ein geheimer Raum! Das könnte der Ort sein, an dem die Schatzkiste versteckt wurde."

Max verließ den Raum und folgte den Markierungen auf der Karte, die ihn zu einer verborgenen Tür führten. Als er sie öffnete, trat er in einen Raum, der mit Staub und Spinnweben bedeckt war. In der Ecke stand eine verstaubte Truhe, die seit Jahren nicht geöffnet worden war.

Max: (aufgeregt) „Das ist sie! Die Schatzkiste!"

Er näherte sich der Truhe und öffnete sie vorsichtig. Darin fand er alte Dokumente, die mit Siegeln und Nazi-Symbolen verziert waren.

Max: „Das sind sicherlich wertvolle Dokumente, aber wo ist der Schatz?"

Max wusste, dass er mehr Informationen benötigte, um das Rätsel zu lösen. Er beschloss, die Dokumente genauer zu untersuchen und nach weiteren Hinweisen zu suchen.

Während er in den Dokumenten blätterte, hörte er plötzlich ein Geräusch hinter sich. Er drehte sich um und bemerkte, dass die Eingangstür des geheimen Raums sich langsam schloss.

Max: (überrascht) „Was zum Teufel?"

Max versuchte, die Tür aufzustoßen, aber sie war bereits fest verschlossen. Er befand sich in einem dunklen Raum, ohne einen Ausweg. Die Spannung stieg, als er sich der Ungewissheit stellte.

Befand - found oneself (in a certain situation)

Blätterte - flipped through, leafed through

Durchstöberte - rummaged through, searched through

Eingangstür - entrance door

Fahles - pale, dim

Gängen - corridors, hallways

Geheimen - secret

Grundriss - floor plan, layout

Markierungen - markings

Mysteriöser - more mysterious

Nazi-Symbolen - Nazi symbols

Rätsel - puzzle, riddle

Relikte - relics, remnants

Schloss - closed, locked

Stumme - mute, silent

Tagebucheintrag - diary entry

Truhe - chest, coffer

Ungewissheit - uncertainty

Verbergen - to hide, conceal

Verriegelten - locked

Verstaubte - dusty

Übersät - littered, strewn with

3. Die Suche nach Hinweisen

Max war entschlossen, das Rätsel um die verschwundene Schatzkiste zu lösen. Er vertiefte sich weiter in das Tagebuch von Otto und versuchte, jeden Hinweis zu deuten.

Max: „Die letzten Einträge von Otto deuten darauf hin, dass er die Schatzkiste versteckt hat. Aber wo? Und warum hat er es nicht genauer beschrieben?"

Max durchforstete das Tagebuch nach weiteren Anhaltspunkten und stieß auf eine Passage, die von einem „geheimen Gang" sprach.

Tagebucheintrag (Otto): „Ich habe die Kiste in einem geheimen Gang versteckt, den nur wenige kennen. Hoffentlich bleibt sie dort sicher."

Max: (aufgeregt) „Ein geheimer Gang! Das könnte der entscheidende Hinweis sein."

Max begann, den Bunker nach versteckten Gängen abzusuchen. Er klopfte an die Wände und suchte nach lösbaren Steinblöcken.

Max: (leise zu sich selbst) „Vielleicht gibt es hier versteckte Türen oder Gänge, die zum geheimen Gang führen."

Während er die Wände absuchte, fiel ihm auf, dass einige der Steine anders aussahen als die anderen. Er drückte einen davon vorsichtig, und plötzlich öffnete sich eine verborgene Tür in der Wand. Dahinter befand sich ein dunkler Gang.

Max: (aufgeregt) „Das ist es! Der geheime Gang!"

Er betrat den Gang und folgte ihm vorsichtig. Der Gang war schmal und von Dunkelheit umgeben. Die Taschenlampe war sein einziger Begleiter in dieser unbekannten Umgebung. Als er weiterging, bemerkte er seltsame Symbole an den Wänden.

Max: „Diese Symbole müssen eine Bedeutung haben. Vielleicht führen sie mich zur Schatzkiste."

Max folgte den Symbolen und gelangte schließlich zu einer weiteren Tür. Diese führte ihn in einen Raum, der mit antiken Relikten gefüllt war. Doch das, was seine Aufmerksamkeit am meisten erregte, war eine alte Kiste in der Ecke des Raumes.

Max: (aufgeregt) „Das ist sie! Die Schatzkiste!"

Er näherte sich der Kiste und öffnete sie vorsichtig. Darin fand er eine Sammlung von alten Dokumenten und verzierten Artefakten.

Max: „Das muss der Schatz sein, nach dem alle gesucht haben. Aber was ist mit dem Fluch?"

Max war vorsichtig, die Dokumente und Artefakte zu berühren. Er hatte von den Gerüchten gehört, dass der Schatz verflucht war und Unheil über diejenigen brachte, die ihn berührten.

Plötzlich hörte Max ein Geräusch hinter sich. Er wirbelte herum und sah einen Schatten in der Dunkelheit des Raumes.

Unbekannter: (bedrohlich) „Du solltest nicht hier sein.“

Max: (überrascht) „Wer sind Sie? Und was wollen Sie hier?“

Unbekannter: (düster) „Das ist mein Erbe, und ich werde nicht zulassen, dass du es nimmst.“

Max: „Ich bin nur hier, um die Wahrheit zu finden. Ich möchte den Fluch brechen und die Geschichte verstehen.“

Unbekannter: (misstrauisch) „Du glaubst also an den Fluch?“

Max: „Ich glaube an die Macht von Geschichten und Legenden. Sie sind oft mit Wahrheit verwoben.“

Der Unbekannte näherte sich Max langsam.

Unbekannter: „Du könntest Recht haben. Aber ich werde dich trotzdem nicht gehen lassen.“

Die Spannung im Raum stieg, als Max und der Unbekannte einander gegenüberstanden. Max wusste, dass er eine Entscheidung treffen musste, um den Schatz und die Geheimnisse des Bunkers zu schützen.

Abzusuchen - to search through

Anhaltspunkten - clues, indications

Antiken - ancient

Bemerkte - noticed

Dunkelheit - darkness

Durchforstete - combed through, scoured

Erbe - heritage, legacy

Gefüllt - filled

Klopfte - knocked

Legenden - legends

Lösbaren Steinblöcken - removable stone blocks

Passage - passage

Relikten - relics

Schatten - shadow

Verborgene - hidden

Verzierten - adorned, decorated

Wirbelte - whirled, spun around

4. Das Geheimnis der Schatzkiste

Max befand sich in einer angespannten Situation. Der unbekannte Mann, der behauptete, der rechtmäßige Besitzer des Schatzes zu sein, stand ihm gegenüber, und die Bedrohung war förmlich spürbar.

Max: (ruhig, aber entschlossen) „Ich verstehe Ihre Sorge um diesen Schatz, aber ich glaube, es gibt mehr hinter dieser Geschichte, als wir sehen können. Lassen Sie uns zusammenarbeiten und die Wahrheit herausfinden."

Unbekannter: (zögerlich) „Zusammenarbeiten? Warum sollte ich Ihnen vertrauen?"

Max: „Weil wir beide denselben Wunsch haben - das Geheimnis des Schatzes zu lüften. Ich denke, dass dieser Schatz eine wichtige Rolle in der Geschichte des Zweiten Weltkriegs spielt."

Der Unbekannte schien nachzudenken, und Max nutzte die Gelegenheit, um mehr über ihn zu erfahren.

Max: „Wie heißen Sie eigentlich?"

Unbekannter: (zögerlich) „Ich bin Luis. Luis Ramirez."

Max: „Luis, ich bin Max Fischer, ein Privatdetektiv. Ich bin hier, um die Wahrheit ans Licht zu bringen, nicht, um den Schatz zu stehlen."

Luis: „Sie könnten lügen."

Max: „Glauben Sie mir, Luis, ich habe mehr zu verlieren, wenn der Fluch des Schatzes wahr ist. Ich will nur herausfinden, was wirklich passiert ist."

Luis schien nachzugeben, zumindest ein wenig.

Luis: „Was schlagen Sie vor?“

Max: „Lassen Sie uns zusammenarbeiten. Teilen wir unsere Informationen und suchen gemeinsam nach Antworten.“

Luis: „Und was ist, wenn wir den Schatz finden?“

Max: „Dann können wir entscheiden, wie wir damit umgehen. Aber zuerst müssen wir herausfinden, was wirklich in dieser Schatzkiste ist.“

Die beiden Männer beschlossen, ihre Kräfte zu bündeln und gemeinsam nach Hinweisen zu suchen. Sie durchkämmten den Raum erneut und fanden schließlich ein verstecktes Fach unter einem der Artefakte. Darin lagen alte Dokumente und Tagebücher, die von Soldaten während des Zweiten Weltkriegs verfasst worden waren.

Max: (aufgeregt) „Das sind die Dokumente, nach denen wir gesucht haben!“

Luis: „Lassen Sie uns sie lesen und herausfinden, was sie verbergen.“

Sie begannen, die Dokumente zu studieren und erfuhren, dass der Schatz in der Kiste eine Sammlung von wichtigen Aufzeichnungen und Karten war, die den Standort verschiedener Kriegsgefangenenlager und versteckter Schätze zeigten. Es schien, als ob die Soldaten versucht hatten, diese Informationen vor den feindlichen Truppen zu verbergen.

Max: „Das sind unschätzbar wertvolle Informationen, Luis. Aber was ist mit dem Fluch?“

Luis: „Vielleicht war der Fluch nie real. Vielleicht war es nur eine Legende, um die Schatzsucher fernzuhalten.“

Max: „Das könnten wir bald herausfinden. Lassen Sie uns diese Dokumente mitnehmen und an die örtliche Polizei übergeben. Sie können dann entscheiden, wie wir damit umgehen.“

Luis stimmte zu, und die beiden Männer verließen den Bunker mit den Dokumenten in der Hand. Sie entschieden sich, zur örtlichen Polizei zu gehen und ihre Entdeckungen zu melden.

Währenddessen tauchte eine weitere Gruppe von Schatzsuchern am Eingang des Bunkers auf, bereit, ihr eigenes Abenteuer zu beginnen.

Angespannten - tense

Aufgeregt - excited

Behauptete - claimed

Bündeln - to bundle, combine

Durchkämmten - combed through

Fach - compartment

Fernzuhalten - to keep away

Herausfinden - to find out, discover

Kriegsgefangenenlager - prisoner of war camp

Lüften - to unveil, disclose

Nachzudenken - to think, ponder

Rechtmäßige - rightful

Schatzsucher - treasure hunter

Sorge - concern, worry

Studieren - to study, examine

Unschätzbar - invaluable

Verfasst - written, authored

Verstecktes - hidden

Zögerlich - hesitant

5. Das große Finale

Max und die Schatzsucher standen vor einer massiven steinernen Tür, die den Zugang zum verborgenen Raum versperrte. Die Tür war mit alten Inschriften und Symbolen verziert, die Max nicht sofort verstand.

Max: „Wir müssen herausfinden, wie wir diese Tür öffnen können. Vielleicht sind hier Hinweise auf die Schatzkiste."

Luis: „Ich stimme zu, aber seien Sie vorsichtig, Max. Wer weiß, was uns auf der anderen Seite erwartet."

Die Gruppe begann, die Inschriften zu studieren und versuchte, die Bedeutung der Symbole zu entschlüsseln. Es dauerte einige Zeit, bis Max eine Idee hatte.

Max: „Diese Symbole hier sind Teil eines alten SS-Rituals. Vielleicht müssen wir sie in der richtigen Reihenfolge berühren."

Die anderen nickten zustimmend, und sie begannen, die Symbole entsprechend der Reihenfolge im Tagebuch des Soldaten zu berühren. Nachdem sie dies getan hatten, hörten sie ein leises Klicken, und die massive Tür öffnete sich langsam.

Als sie den Raum betraten, sahen sie eine erstaunliche Sammlung von Schätzen und Artefakten aus der Zeit des Zweiten Weltkriegs. Doch in der Mitte des Raumes stand eine schlichte Holzkiste, die eher unscheinbar wirkte.

Max: (überrascht) „Ist das etwa die Schatzkiste?"

Luis: (ebenfalls überrascht) „Sie sieht nicht besonders aus."

Die beiden Männer gingen näher an die Kiste heran und öffneten sie vorsichtig. Doch statt funkelnder Juwelen und Goldmünzen fanden sie etwas völlig Unerwartetes: eine Sammlung von alten Briefen und Fotografien.

Max: „Das ist keine Schatzkiste, sondern eine Sammlung von Erinnerungen."

Luis: „Aber warum sollte jemand so etwas verstecken?"

Sie begannen, die Briefe und Fotos genauer zu betrachten und erfuhren, dass sie von den Soldaten verfasst worden waren, die während des Zweiten Weltkriegs im Bunker stationiert waren. Die Fotos zeigten die Männer in ihren Uniformen, wie sie ihre Freizeit verbrachten und Briefe von zu Hause lasen.

Max: „Das ist ein Schatz von unschätzbarem Wert. Es sind die Erinnerungen an die Menschen, die hier gedient haben.“

Luis: „Aber was hat das mit dem Fluch zu tun?“

Max: „Vielleicht war der Fluch nie real. Vielleicht war es wirklich nur eine Legende, um die Schatzsucher fernzuhalten. Die wahren Schätze sind die Erinnerungen und Geschichten, die diese Männer hier gelassen haben.“

Die beiden Männer entschieden sich, die Erinnerungsstücke zu sammeln und zur örtlichen Polizei zu bringen. Es war zwar nicht der Schatz, den sie erwartet hatten, aber es war etwas viel Bedeutenderes.

Max: „Der Fall des alten Bunkers in Berlin ist gelöst, Luis.“

Luis: „Ja, Max, aber es gibt noch so viele Geheimnisse da draußen, die darauf warten, entdeckt zu werden.“

Max: „Da gebe ich dir recht. Die Welt ist voller Rätsel und Abenteuer. Auf zu unserem nächsten Fall!“

Berühren - to touch

Entschlüsseln - to decode, decipher

Erinnerungsstücke - mementos, memorabilia

Erstaunliche - amazing, astonishing

Freizeit - leisure, free time

Funkelnder - sparkling, glittering

Gedient - served

Inschriften - inscriptions

Juwelen - jewels

Massive - massive

Rituals - ritual

Schlichte - plain, simple

SS-Rituals - SS ritual (referring to the paramilitary organization under the Nazi party)

Stationiert - stationed

Unerwartetes - unexpected

Unscheinbar - inconspicuous, unremarkable

Verfasst - written, authored

Versteckte - hidden

Versperrte - blocked, barred

Zu Hause - at home

Der Schatz der goldenen Münzen

1. Der mysteriöse Fund

Am Rande Berlins, bei Bauarbeiten für ein neues Wohngebiet, stieß ein Bauarbeiter namens Klaus auf etwas Hartes im Boden. Er grub tiefer und fand eine alte, verrostete Kiste. Neugierig öffnete er sie und fand darin 1000 glänzende Goldmünzen. „Unglaublich!", rief er aus. Ein Kollege kam herüber und beide starrten staunend auf den Schatz.

Die Nachricht von dem Fund verbreitete sich wie ein Lauffeuer. Journalisten, Historiker und Schaulustige kamen, um einen Blick auf die Münzen zu werfen. Ein Experte wurde hinzugezogen und bestätigte: „Das sind echte 20 Mark Goldmünzen aus dem 19. Jahrhundert. Ein unschätzbarer Schatz!"

Klaus entschied sich, die Münzen dem Staat zu übergeben, da er wusste, dass sie Teil der deutschen Geschichte waren. Doch kaum waren sie im Museum, gab es viele Ansprüche darauf. Familien, die behaupteten, dass diese Münzen ihren Vorfahren gehörten, und Anwälte, die ihre Teile wollten.

Aber dann, nur eine Nacht später, wurde das Museum ausgeraubt. Die Münzen waren verschwunden. Die Polizei war ratlos. Es gab keine Spuren, keine Zeugen.

Hier kommt Clara ins Spiel, eine junge, schlaue und sexy Detektivin. Mit ihrer scharfen Intuition und ihrem Sinn für Detail war sie bekannt dafür, die kompliziertesten Fälle zu lösen. Der Direktor des Museums bat sie um Hilfe.

„Die Münzen sind nicht nur von historischem Wert, sondern auch von großem finanziellen Wert. Wir müssen sie so schnell wie möglich finden", sagte der Direktor.

Clara nickte. „Ich brauche Zugang zu allen Überwachungskameras und möchte mit jedem sprechen, der in der Nacht Dienst hatte."

„Natürlich", antwortete der Direktor.

Clara verbrachte den Rest des Tages im Museum, suchte nach Hinweisen und sprach mit den Sicherheitsleuten. Während sie sich die Aufnahmen der Überwachungskameras ansah, bemerkte sie eine maskierte Person, die sich verdächtig verhielt.

„Das könnte unser Dieb sein", murmelte sie.

Am Ende des Tages hatte Clara mehr Fragen als Antworten. Wer war der mysteriöse Dieb? Warum wurden nur die Münzen gestohlen? Und wo könnten sie jetzt sein?

Während sie in ihrem Büro saß, klingelte das Telefon. Ein anonymer Anrufer sagte: „Die Münzen gehören mir. Wenn du sie zurückhaben willst, musst du mir eine Million Euro zahlen."

Clara war fest entschlossen, den Fall zu lösen und die Münzen zurückzubringen. Das Abenteuer hatte gerade erst begonnen.

Anonymer - anonymous

Anrufer - caller

Anwälte - lawyers

Bauarbeiter - construction worker

Bauarbeiten - construction work

Detektivin - female detective

Direktor - director

Gehörten - belonged

Glänzende - shiny, gleaming

Historischem Wert - of historical value

Intuition - intuition

Journalisten - journalists

Kollege - colleague

Lauffeuer - wildfire (in this context, "spread like wildfire")

Maskierte - masked person

Mysteriöse - mysterious

Rande - edge, outskirts

Ratlos - clueless, at a loss

Scharfen - sharp

Schaulustige - onlookers, spectators

Überwachungskameras - surveillance cameras

Unglaublich - unbelievable

Vorfahren - ancestors

Wohngebiet - residential area

2. Die Liste der Verdächtigen

In ihrem Büro in Berlin betrachtete Clara die Fakten. Mit einer Tafel hinter sich begann sie, eine Liste von Verdächtigen zu erstellen. Wer hatte ein Motiv? Wer hatte die Mittel und die Gelegenheit?

Der Name 'Hans Vogler' stach ihr ins Auge. Ein berüchtigter Kunsthehler, der in der Vergangenheit schon einmal im Zusammenhang mit gestohlenen Kunstwerken in Erscheinung getreten war. „Das könnte unser Mann sein", murmelte sie vor sich hin.

Clara wusste, dass direkte Konfrontation nicht der richtige Weg war. Sie entschied sich, undercover zu gehen. In einem stilvollen, aber unauffälligen Outfit besuchte sie einige der Orte, an denen Vogler bekanntermaßen verkehrte.

In einer Bar hörte sie, wie Vogler zu einem seiner Komplizen sagte: „Die Münzen werden uns reich machen. Ich habe einen Käufer im Ausland, der bereit ist, einen hohen Preis zu zahlen."

Claras Herz schlug schneller. Das war der Beweis, den sie brauchte. Sie folgte Vogler diskret und entdeckte, dass er eine geheime Auktion in einem abgelegenen Lagerhaus plante. Dies war ihre Chance.

Die Auktion war ein Sammelpunkt für die Unterwelt. Gangster, Diebe und andere kriminelle Eliten waren anwesend. Clara, verkleidet mit einer dunklen Perücke und Sonnenbrille, versuchte, so unauffällig wie möglich zu sein. Sie hörte, wie die Münzen zur Versteigerung angeboten wurden. Der Startpreis war astronomisch.

Mit ihrem Handy versuchte Clara, diskret Fotos als Beweis zu machen. Aber in einem unglücklichen Moment wurde sie fast von einem der Bodyguards entdeckt. Sie musste fliehen, bevor sie erwischt wurde.

Zurück in Berlin atmete sie tief durch. Das war knapp gewesen. Aber sie hatte genug Informationen, um ihren nächsten Schritt zu planen.

Ihr Telefon klingelte. Ein anonymer Anrufer sagte: „Ich weiß, wer hinter dem Diebstahl steckt. Treffen Sie mich morgen um Mitternacht am Brandenburger Tor."

„Wer sind Sie?" fragte Clara, aber der Anrufer hatte bereits aufgelegt. Sie wusste, dass dies eine Falle sein könnte, aber es war auch eine Gelegenheit, die sie nicht verpassen durfte. Das Rätsel wurde immer tiefer, und Clara war entschlossen, es zu lösen.

Abgelegenen - remote

Angeboten - offered

Astronomisch - astronomical

Auktion - auction

Berüchtigter - notorious

Betrachtete - looked at, considered

Brandenburger Tor - Brandenburg Gate

Diskret - discreet, discreetly

Eliten - elites

Erscheinung getreten - appeared, come into appearance

Fakten - facts

Gangster - gangsters

Gelegenheit - opportunity

Kunsthehler - art fence (a person who deals in stolen art)

Lagerhaus - warehouse

Mittel - means

Motive - motives

Perücke - wig

Stach - stood out, stung

Stilvollen - stylish

Tafel - board (in this context)

Unglücklichen Moment - unfortunate moment

Unterwelt - underworld

Verdächtigen - suspects

Verkleidet - disguised

Verkehrte - frequented (in this context)

Versteigerung - auctioning

3. Die versteckte Transaktion

Die kühle Luft Berlins schlich sich in die verlassenen Gassen, als Clara sich einem Lagerhaus näherte. Das Lagerhaus, alt und rostig, sah so aus, als würde es jeden Moment in sich zusammenfallen. Aber ihr Tipp hatte sie hierher geführt.

Sie betrat vorsichtig das Lagerhaus und fand ihren Informanten in einer dunklen Ecke. „Hast du die Informationen?" fragte Clara.

„Ja", sagte der Informant nervös. „Die Münzen werden morgen verkauft. Hier, in diesem Lagerhaus."

Clara spürte einen Adrenalinschub. „Wer kauft sie?"

„Ein reicher Geschäftsmann aus Russland. Er ist bekannt dafür, gestohlene Kunstwerke zu sammeln."

„Danke", sagte Clara und gab dem Informanten etwas Geld. „Pass auf dich auf."

Als sie das Lagerhaus verließ, rief sie sofort die Polizei an. „Wir müssen morgen hier sein. Wir haben eine Chance, die Münzen zurückzubekommen."

Am nächsten Tag parkte Clara ihr Auto in einiger Entfernung vom Lagerhaus. Sie beobachtete den Eingang. Bald sah sie den Kunsthehler mit einer Tasche in der Hand eintreffen.

Sie gab ein Signal, und die Polizei umstellte das Lagerhaus. Mit gezogenen Waffen stürmten sie hinein. Clara folgte ihnen.

Im Inneren fand eine Auktion statt. Reiche Männer boten auf verschiedene gestohlene Kunstwerke. Aber Claras Augen waren nur auf die Münzen gerichtet.

Als die Polizei die Auktion störte, brach Panik aus. Die Männer versuchten zu fliehen, aber die Polizei hielt sie auf. Der Kunsthehler versuchte, mit den Münzen zu entkommen, aber Clara war schneller. Sie überwältigte ihn und nahm die Münzen an sich.

„Es ist vorbei", sagte sie, als sie ihm Handschellen anlegte.

Zurück auf der Polizeistation wurde Clara für ihre hervorragende Arbeit gelobt. „Du hast einen tollen Job gemacht", sagte der Polizeichef.

„Aber ich konnte es nicht alleine tun", antwortete Clara. „Danke für eure Hilfe."

Die Münzen wurden an ihren rechtmäßigen Ort zurückgebracht, und der Kunsthehler wurde wegen Diebstahls und anderer Verbrechen angeklagt. Clara fühlte sich erleichtert. Ein weiterer Fall war gelöst, und die Stadt war ein bisschen sicherer.

Adrenalinschub - adrenaline rush

Angeklagt - charged (in a legal context)

Auktion - auction

Beobachtete - observed

Entfernung - distance

Entkommen - to escape

Gassen - alleys

Geführt - led

Gelobt - praised

Geschäftsmann - businessman

Hervorragende - outstanding, excellent

Informant - informant

Inneren - inside, interior

Nervös - nervous

Panik - panic

Polizeichef - police chief

Rechtmäßigen Ort - rightful place

Rostig - rusty

Schlich - crept

Signal - signal

Störte - disrupted, disturbed

Tasche - bag

Überwältigte - overpowered

Verbrechen - crimes

Verkauft - sold

Verlassenen - abandoned

Vorsichtig - carefully

4. Die Rückkehr der Münzen

Im Herzen Berlins war die Stimmung feierlich. Die gestohlenen Münzen waren nun sicher hinter dicken Glaswänden im Museum ausgestellt. Besucher strömten herein, angezogen von den Geschichten, die die Medien über den mutigen Raub und die Rettung der Münzen verbreitet hatten.

Vor dem Museum warteten Reporter, um Clara zu interviewen. Als sie das Museum verließ, blitzen die Kameras auf sie.

„Clara! Wie fühlt es sich an, als Heldin gefeiert zu werden?" fragte ein Reporter.

Clara lächelte. „Ich habe nur meine Arbeit gemacht. Es ist wichtig, dass die Münzen zurück sind, wo sie hingehören."

In der Menge erkannte Clara den Bauarbeiter, der die Münzen ursprünglich gefunden hatte. Er kam auf sie zu und streckte die Hand aus. „Danke, dass du das Richtige getan hast", sagte er.

Clara schüttelte seine Hand. „Du bist der wahre Held. Ohne deinen Fund würden wir jetzt nicht hier stehen."

Die nächsten Tage waren ein Wirbelwind aus Interviews und Feierlichkeiten. Clara war überall in den Nachrichten. Die Stadt Berlin war ihr dankbar, und sie bekam Dutzende von Dankesbriefen.

Aber während die Welt um sie herum feierte, fühlte Clara sich nachdenklich. Sie dachte darüber nach, wie kompliziert der Fall war und wie viele Menschen darin verwickelt waren. Es war nicht nur eine Geschichte von Gut gegen Böse. Es gab viele Grauzonen und ungelöste Fragen.

In ihrem Büro stapelten sich die Anfragen für neue Fälle. Aber Clara fühlte, dass sie eine Pause brauchte. Sie wollte Zeit mit ihrer Familie und Freunden verbringen und sich von der Aufregung erholen.

Eines Abends saß Clara mit ihrer Familie beim Abendessen. „Du solltest wirklich eine Pause machen", sagte ihre Mutter.

„Ich denke, das werde ich auch", antwortete Clara. „Ich brauche Zeit, um nachzudenken und mich zu erholen."

Die Tage vergingen, und Clara genoss die ruhige Zeit. Sie las Bücher, ging spazieren und verbrachte Zeit mit ihren Liebsten. Sie dachte viel über Gerechtigkeit nach und darüber, was es bedeutet, das Richtige zu tun.

Dann, eines Tages, als Clara in ihrem Büro saß, klingelte das Telefon. Sie nahm den Hörer ab.

„Clara? Ich habe einen Fall für dich. Etwas, das du noch nie zuvor gesehen hast", sagte eine geheimnisvolle Stimme.

Clara fühlte einen Adrenalinschub. „Erzähl mir mehr."

Die Stimme am anderen Ende der Leitung lächelte. „Es ist nicht so einfach. Wenn du interessiert bist, triff mich heute Abend."

Clara war neugierig. „In Ordnung. Wo?"

„Am Brandenburger Tor, um Mitternacht", sagte die Stimme und legte auf.

Clara blickte auf die Uhr. Es war noch Zeit. Sie wusste, dass sie vorsichtig sein musste, aber sie konnte nicht widerstehen. Ein neues Abenteuer rief, und sie war bereit, ihm zu folgen.

Abendessen - dinner

Anfragen - inquiries, requests

Aufregung - excitement

Besucher - visitors

Böse - evil

Dankesbriefen - letters of thanks

Dicken - thick

Dutzende - dozens

Erholen - recover, recuperate

Feierlichkeiten - celebrations

Feierlich - festive, celebratory

Gerechtigkeit - justice

Glaswänden - glass walls

Heldin - heroine

Hörer - receiver (of a telephone)

Kameras - cameras

Nachrichten - news

Nachdenklich - thoughtful

Pause - break

Raub - robbery

Reporter - reporter

Rettung - rescue

Stimmung - atmosphere, mood

Streckte - stretched (out)

Verwickelt - involved

Wirbelwind - whirlwind

5. Ein neues Abenteuer

Der Morgen in Paris war kühl und verhangen, als Clara am Flughafen Charles de Gaulle ankam. Sofort wurde ihr bewusst, dass dieser Fall kein gewöhnlicher Fall war. Ein gestohlenes Kunstwerk von unschätzbarem Wert war verschwunden und Clara war bestimmt, es zurückzubringen.

Nach ihrer Ankunft in ihrem Hotel rief sie ihren Kontakt bei der Pariser Polizei an, Inspektor Laurent.

„Clara! Schön, dass Sie in Paris sind. Ich hoffe, Sie können uns helfen," begrüßte er sie.

„Das hoffe ich auch, Inspektor. Können Sie mich auf den neuesten Stand bringen?" fragte Clara.

Laurent seufzte. „Es ist kompliziert. Das gestohlene Kunstwerk ist nur die Spitze des Eisbergs. Wir glauben, dass diese Kunstdiebe etwas viel Größeres planen."

Bei ihrem ersten Treffen mit der Gruppe der Kunstdiebe bemerkte Clara schnell, dass sie sich in einer gefährlichen Situation befand. Die Bande wurde von einem Mann namens Marcel angeführt, der für seine skrupellosen Methoden bekannt war.

Während sie sich weiter in die Unterwelt von Paris vertiefte, stellte Clara fest, dass es bei diesem Diebstahl um mehr als nur Kunst ging. Marcel und seine Bande waren hinter einem Geheimnis her, das die Macht hatte, die Welt zu verändern.

„Was genau suchen Sie, Marcel?" konfrontierte Clara ihn, als sie sich zufällig in einem Pariser Café trafen.

Marcel lächelte kalt. „Frau Detektivin, Sie sind wirklich sehr mutig. Aber ich denke, es ist besser für Sie, wenn Sie sich nicht einmischen."

Trotz seiner Drohungen ließ Clara nicht locker. Mit Hilfe von Inspektor Laurent entdeckte sie, dass das gestohlene Kunstwerk einen versteckten Hinweis auf ein altes Familiengeheimnis enthielt, das Marcel um jeden Preis aufdecken wollte.

Die Jagd nach der Wahrheit führte Clara durch die engen Gassen von Paris, von den luxuriösen Salons der Reichen bis zu den dunklen Ecken der Unterwelt.

Schließlich, nach vielen gefährlichen Begegnungen, stellte sie Marcel in einer verlassenen Kirche in Montmartre. Mit der Pariser Polizei im Schlepptau gelang es ihr, Marcel und seine Bande zu überwältigen.

„Es ist vorbei, Marcel," sagte Clara, als sie ihm Handschellen anlegte. „Das Geheimnis ist sicher."

Zurück in Berlin erholte sich Clara von ihrem Abenteuer. Doch sie wusste, dass dies nur der Anfang war. Als sexy Detektivin war sie bereit, die Welt zu bereisen, um Gerechtigkeit zu suchen und Geheimnisse aufzudecken. Ein neues Abenteuer wartete immer um die Ecke.

Angeführt - led by

Ankam - arrived

Auf den neuesten Stand bringen - to bring up to date

Aufdecken - to uncover, reveal

Bande - gang

Begegnungen - encounters

Bereisen - to travel, traverse

Bewusst - aware, conscious

Ecke - corner

Eisberg - iceberg

Einzumischen - to interfere, meddle

Entdeckte - discovered

Familiengeheimnis - family secret

Gassen - alleys

Geheimnis - secret

Gerechtigkeit - justice

Gewöhnlicher - ordinary, usual

Größeres - bigger, larger (thing)

Hinweis - hint, clue

Im Schlepptau - in tow

Kontakt - contact

Kunstdiebe - art thieves

Luxuriösen - luxurious

Methode - method

Mutig - brave, courageous

Salons - salons, parlors

Skrupellosen - ruthless, unscrupulous

Spitze - tip, peak

Treffen - meeting

Überwältigen - to overpower, subdue

Unterwelt - underworld

Verhangen - overcast, cloudy

Verlassen - abandoned

Vertiefte - delved into, immersed

Zufällig - coincidental, by chance

German Graded Readers

For more books and E-book options visit:

www.briansmith.de